1.ª edición, octubre 2001
24.ª impr., agosto 2015

Juan Ignacio Luca de Tena, 15. 28027 Madrid
www.anayainfantilyjuvenil.com
e-mail: anayainfantilyjuvenil@anaya.es

ISBN: 978-84-667-0611-7
Depósito legal: M-31354-2011

Impreso en España - Printed in Spain

ESPACIO

ABIERTO

E S P A C I O

A B I E R T O

Diseño y cubierta de
Manuel Estrada

ESPACIO ABIERTO

Ana Alcolea

El medallón perdido

ANAYA

Para Jesús Bescós,
a cuyo recuerdo van dedicadas estas páginas,
in memoriam.

1

Siete llaves y un desván

Habían pasado más de cinco años cuando, mientras paseaba entre las casetas de la Feria del Libro, vi un título que me recordó todo aquello que viví en el verano de 1995. El libro se llamaba *El medallón perdido,* y eso, un medallón perdido, fue lo que anduve yo buscando durante mi primer viaje a África, un lustro atrás.

Mi padre había muerto dos años antes en medio de la selva africana. Su avioneta se encontró con una tormenta tropical y se estrelló contra los riscos de una pequeña montaña. Encontraron su cadáver tres días más tarde. Yo tenía entonces trece años, y mi madre había decidido protegerme de la tristeza de tenerme que enfrentar a una realidad adversa. Todas las fotos en que aparecía mi padre desaparecieron de la casa, todos sus trofeos de caza fueron a parar a un desván del que sólo mamá tenía la llave. Ningún recuerdo de su presencia con nosotros durante años, ni siquiera su rostro, que se iba borrando poco a poco de mi memoria. Nada quedaba de él en aquella casa de la Colonia del Viso. Mi madre pensaba que la vida podía empezar de nuevo si aniquilaba de un mazazo todo lo que tuviera que ver con el hombre que compartió con ella su juventud, por el que había sacrificado tantas cosas y que se había ido así sin más, sin despedirse, de la manera más insospechada, más imprevista. Él, que pilotaba desde hacía tantos años, que conocía la selva palmo a palmo, que sabía de la rapidez con la que se forman las tormentas en esa parte del mundo. Creo que en el fondo mamá nunca se lo perdonó, ni a él, ni a África, que se lo llevó sin avisar.

Nunca, en aquellos dos años, pude acceder al desván. Lo intenté todo: abrir la cerradura con una horquilla de mamá, con una tarjeta de crédito rota y caducada que encontré en el cubo de la basura, con un cuchillo de cocina. Nada.

Una vez hallé un manojo de llaves celosamente escondido en el doble fondo del escritorio del despacho de papá. Junto al llavero, había fotos de mi madre mucho más joven; también fotos de otras chicas, desconocidas para mí, con esos rostros de otros tiempos, y que mi padre había guardado; fotos de los abuelos, cartas de viejos amores, un largo etcétera, pero ni una sola foto de mi padre.

Una noche, mi madre había salido a cenar y la asistenta estaba con una jaqueca que la postraba en cama una vez al mes. Vi la ocasión: decidí probar aquellas llaves en la puerta de la buhardilla. Para acceder a ella, había que bajar una escalera plegable que hacía un ruido endemoniado. Comprobé que María había tomado su calmante y que estaba dormida como un tronco. Para ello me puse unos zapatos de tacón de mamá y bailé un zapateado delante de la cama de la enferma. Ni se inmutó, ni dejó de roncar un solo segundo. ¡Aquélla era mi gran oportunidad! María profundamente dormida y mamá cenando con sus amigas. Era el momento.

Bajé la escalera plegable ayudándome de un bastón que mi abuelo se había dejado olvidado en la última visita. En aquellos días, poco después de haber cumplido los quince años, todavía no había crecido demasiado. Era muy bajo para mi edad, lo que me llenaba de complejos frente a mis compañeros de clase, todos más altos que yo. Afortunadamente, tenía unos ojos que bastaban para conquistar a las chicas, sobre todo a Almudena, que era la única que por aquel entonces me importaba.

Aquel día deseé más que nunca ser más alto para poder llegar a bajar la dichosa escalera. Saltaba y saltaba, pero no conseguía mi objetivo. Menos mal que recordé que el abuelo se había dejado su bastón el día anterior. Estaba claro que él no lo necesitaba; sólo lo llevaba para impresionar y para que todos le preguntáramos:

—Abuelo, ¿qué tal va la pierna?

Así él podía contestar:

—Mejor, mucho mejor, me recupero con rapidez, igual que cuando un bisonte me pisoteó durante un safari hace treinta años...

Y así empezaba siempre a contar alguna de sus historias del pasado, que todos sus nietos escuchábamos encantados. Nadie narraba como él. Tenía una voz y una manera de hablar que nos sumergía en una especie de ensoñación misteriosa, que nos dejaba mudos y atónitos.

Pues bien, cogí aquel bastón y lo enganché a uno de los peldaños metálicos de la escalera, que bajó con el estruendo habitual en ella. Me quedé quieto, atento a si algún ruido en el piso de abajo delataba que María se hubiera despertado. Nada. Se seguían oyendo sus ronquidos acompasados, detenidos alguna vez por una inspiración más profunda, o sea, por un enorme ronquidazo. De aquellos ronquidos de María me acordaría meses después, cuando oí por vez primera el bramido de un elefante.

Conseguí encaramarme a la escalera y subir hasta la puerta. Empecé la tarea de comprobar las llaves. La primera era demasiado pequeña. La segunda era demasiado grande. Los dientes de la tercera no tenían nada que ver con la cerradura. La cuarta entraba, pero ni giraba ni quería salir. Por fin salió. La quinta tampoco quiso entrar. La sexta también era muy pequeña. Y la séptima... ¡Por fin! La séptima entraba y giraba... Pero entró y giró al mismo tiempo que iba entrando y girando la llave de mi madre en la puerta principal de la casa. ¡Mi madre venía! ¿Qué había pasado con la cena? ¡Me iba a descubrir! Saqué a toda prisa la llave de su cerradura, con el ánimo de volver a intentarlo en otra ocasión, en otro milagroso momento en el que una cena de mamá y la jaqueca mensual de María coincidieran. Pero... al sacar la llave y querer echar a correr para no ser descubierto, me olvidé de un pequeño detalle: ¡estaba encima de una escalera plegable! Me caí. Grité. Mi madre subió asustada por el estruendo de mi caída y por mi grito. Adivinó mis intenciones. Me dolía un brazo. Tenía un golpe en la frente. Noté cómo algo se iba inflamando en mi entrecejo. No podía mover el brazo. Mi madre chilló. Yo lloré. Ella también lloró. María no se despertó. Mamá cogió el teléfono y llamó a una ambulancia.

Mi expedición al desván terminó con un brazo escayolado por una fisura en el radio, con un montón de moratones y con un chichón infame en la frente que parecía un grano gigantesco. El resultado fue que Almudena decidió ir al cine el sábado siguiente con Borja en vez de conmigo. Borja sacaba en la escuela más sobresalientes que yo, medía quince centímetros más que yo y, además, tenía tres hermanos más que yo, que no tenía ninguno. Lo odiaba. Y para colmo, aquel sábado acompañaría a ver mi película favorita a mi chica favorita. ¡Puaf!

Y por supuesto, mi madre me quitó las llaves, cambió la cerradura del desván por si acaso y metió la llave en una caja de seguridad que tenía en el banco. Siempre ha sido muy exagerada para todo. Además, yo podía volverlo a intentar con un hacha o contratando a un profesional, por ejemplo, pero ella no contaba con eso, claro, y yo en el fondo tampoco. Además, no hubo ocasión. Muchas cosas empezaron a suceder en junio de aquel mismo año: mi brazo se curó, mi grano-chichón desapareció, Almudena cortó con Borja, de momento, yo crecí tres centímetros en un mes, aprobé el tercer curso de la ESO y mi tío Sebastián vino de África. Llevaba un extraño medallón colgado del cuello.

2

El regreso de mi tío

Hacía mucho tiempo que no veía a mi tío Sebastián. En mi casa apenas se hablaba de él. Sólo en casa de mi abuelo, y no demasiado. Sabía que era el hermano mayor de mi padre y que estaba cerca de él cuando murió. El día del accidente era el tío quien debía haber hecho aquel viaje en el que perdió la vida mi padre. En el último momento, Sebastián enfermó con unas fiebres repentinas y fue papá quien cogió la avioneta para ir a Lambarené a recoger los alimentos y las medicinas para los trabajadores de la explotación. Mi madre siempre deseó que el muerto hubiera sido mi tío y no mi padre, y por eso nunca hablaba de él; y cuando lo hacía, casi nunca salía bien parado: que si había sido un mujeriego, que si era un irresponsable, que si era un salvaje...

El caso es que yo crecí aquellos años con la idea de que mi tío era una especie de fiera que vivía en la jungla rodeado de más fieras; alguien parecido a Tarzán, pero sin una Jane que lo dulcificara.

El abuelo y él tampoco tenían muy buenas relaciones. La razón tenía que ver con la forma de llevar los negocios de la familia, algo de lo que yo no entendía entonces ni una palabra. Además, desde que papá había muerto, el abuelo no había querido volver a pisar su bienamada África, que le dio todo y que le quitó lo que más quería. Tampoco Sebastián había vuelto a España desde aquellos desgraciados días. Había demasiados recuerdos en uno y otro lugar que ambos pretendían olvidar, aunque no lo conseguían. El problema era que estaban empezando a olvidarse de sí mismos, de lo que habían sido y eran sus vidas, y de todo aquello que habían vivido juntos. Por eso, y por más cosas, volvió mi tío aquel mes de junio de 1995.

Era mi último día de instituto. Salía por el patio con algunos de mis compañeros y el boletín de las notas. Venían también Borja y Almudena, que ya se habían distanciado bastante a raíz de la desaparición de mi chichón y de mi aumento de estatura en casi cuatro centímetros. Estábamos hablando de nuestros planes para el verano, cuando, de pronto, ante la puerta de la escuela, vi un coche deportivo rojo que llamó mi atención y la de mis amigos.

—¡Guau! ¡Qué cochazo! —dijo Pablo.

—Y rojo, como me gustan a mí —contestó Almudena.

—Rojo es una horterada. Ahora se llevan en gris metalizado —rebuznó Borja para fastidiar, como siempre.

Yo me quedé mudo. Mientras llegábamos a las proximidades del lugar donde estaba aparcado el vehículo, noté que iba subiendo cierto rubor a mis mejillas; me estaba poniendo como un tomate, más o menos del color del coche. Yo había visto aquel bólido antes. Sí. En el garaje del abuelo, igual de reluciente. Era inconfundible. Pese a lo cortado que estaba, sonreí. Iba a poder impresionar a Almu. Alguien de casa del abuelo me había venido a recoger con el descapotable rojo de Sebastián, que no se había vuelto a usar en su ausencia. Pero algo me sobrecogió al acercarnos más. De pie, apoyado de espaldas a la puerta derecha del coche, estaba un hombre bebiendo un botellín de agua. Se volvió súbitamente al oírnos cerca. Aquel hombre me miró, me sonrió, vino hacia mí y me abrazó muy fuerte. ¡Era mi tío Sebastián!

Tenía unos cuarenta años, pero no los aparentaba. Sólo su cabellera gris podía delatar su edad. Tenía un cuerpo joven, atlético y musculoso. Su piel, muy morena, estaba curtida por el fuerte sol de los trópicos. Recogía su melena en una coleta, que le daba un aire entre bohemio y juvenil. Sus ojos eran grandes y verdes; en su mirada se mezclaban como en un cóctel tres partes de una especie de alegría infantil, natural en él, y una parte de cierto tipo de tristeza, aprendida a través de algunas duras experiencias que la vida le había ido deparando. Así era mi tío: alegre y lleno de vitalidad casi siempre; sólo algunas, muy pocas veces, asomaba a sus ojos un rayo sombrío que le sumía en un lago de tristeza, tan profundo como sus ojos del color del océano.

Mis amigos se quedaron de piedra cuando el misterioso desconocido del flamante coche rojo me abrazó.

—Es mi tío Sebastián —les dije sin dudar, aunque hacía tiempo que no lo veía, y añadí—: Tío, éstos son mis amigos, Pablo, Marisa, Eduardo, Almudena y... Borja.

—Hola, chicos —saludó el tío—. Vamos a casa del abuelo, Benjamín. Puedo acercar a uno de vosotros. El coche es pequeño, así que puede subir alguien menudo, que pueda compartir el asiento de delante con Benja.

Miré a mi alrededor. Allí no había nadie menudo. Yo quería que fuese Almu la que nos acompañara, claro; además, era la más delgada de todos, así que rápidamente dije, mientras miraba los ojos codiciosos de Eduardo hacia el coche:

—Almudena vive muy cerca del abuelo, tío. Podemos llevarla. Nos pilla de paso.

Como ninguno de mis amigos sabía dónde vivía mi abuelo, la mentira salió bien. ¡Mi adorada Almudena vivía en la otra punta de Madrid, y gracias al atasco de las siete de la tarde en la M-30, yo podría ir a su lado más de una hora haciendo rozar su camiseta con la mía, su pantalón con el mío! ¡Aquello era lo más parecido a la felicidad que podía imaginar!

En aquel momento adoré a mi tío, que debió de entender mis intenciones al vuelo, y a su coche, del que siempre había pensado que era una horterada colosal. También agradecí que Almudena se fijara más en mí a partir de entonces, aunque sólo fuera por obra y gracia del coche rojo. En aquellos días, todavía no habíamos aprendido que la importancia de las personas habita en lo que son, y no en lo que tienen o en lo que aparentan. Mi viaje a África aquel verano me enseñaría eso y mucho más. Almudena tardaría aún bastante tiempo en comprender el verdadero valor de las cosas.

3

El cirujano de mamá y un verano en Santander que no fue

Mamá había conocido a un hombre unos meses antes, en plena primavera, y ya se sabe: la primavera la sangre altera. Había salido con él en varias ocasiones, y un par de veces nos había invitado a cenar a mi madre y a mí. Estaba muy claro que él quería ser amable conmigo. Era un tipo alto y moreno, más o menos de la misma edad que ella, cirujano; estaba divorciado y no tenía hijos. La expresión del rostro de mamá cambiaba cuando Jorge llamaba por teléfono. Sus ojos se estiraban al sonreír, y su cara se iluminaba, como si la encendieran con un interruptor. Los días que salían juntos, mamá se cambiaba de ropa una y otra vez delante del espejo. Preguntaba mi opinión, cosa que no solía hacer normalmente, sobre si estaba mejor con éste o con el otro vestido, o tal vez con ese otro traje de chaqueta. A mí me aburría mortalmente su particular desfile de modelos. Yo no entendía nada de moda femenina. Lo único que sabía sobre mujeres era que Almudena me gustaba llevara lo que llevara. Pero mi madre estaba siempre muy preocupada por su aspecto, por ir a la moda, igual que las pesadas de sus amigas, que todavía me retorcían los mofletes cada vez que me veían y me decían: «¡Qué rico, Benjamín, qué dos bollitos tienes como carrillos, dan ganas de darles un mordisco!». Afortunadamente, se contenían en su deseo de morder como serpientes venenosas mi demasiado jugosa y carnosa cara. Se conformaban con pellizcarla y dejar sus dedos marcados, y a veces incluso sus largas y pintadas uñas clavadas en mi piel. ¡Encantadoras, las amigas de mamá, y muy modernas...!

Aquella primavera, y después de haber conocido a Jorge, mamá había comprado un traje de pantalón negro con una camiseta blanca muy escotada que la favorecía mucho; hasta yo me había dado cuenta. Después de la muerte de papá, se había quedado extremadamente delgada; ahora por fin estaba engordando e iba poniéndose incluso guapa, como antes. ¡Hay que ver lo que un cirujano puede hacer con una mujer, incluso sin operarla!, pensaba yo cuando la veía maquillarse cuidadosamente para disimular las primeras arrugas que empezaban a enmarcar las comisuras de sus labios y las esquinas de sus ojos. Mi madre tenía unos ojos de color miel, que la siguen haciendo sumamente atractiva. Su cabello había sido oscuro, pero la tristeza envuelta en un papel de aparente frialdad lo había cubierto de canas. Por eso se teñía cada mes en la peluquería. Cambiaba su color muy a menudo. No acababa de estar satisfecha consigo misma. En aquellos días lo llevaba rojizo, a la moda, y recogido atrás en un moño bajo.

El mismo día que mi tío me vino a buscar al colegio, por la noche mamá estaba nerviosa. Yo lo achaqué a la llegada de Sebastián, al que no soportaba. Pensé que su venida le había sorprendido de un modo desagradable. Me equivocaba.

Mamá tenía algo que decirme y no sabía cómo. Me preparó mi cena favorita: hamburguesas con queso y patatas fritas. A ella no le gustaba que yo comiera aquello, siempre decía que era comida basura, bazofia, y que no era sana, así que sólo una vez al mes me permitía ir al McDonald's con mis amigos. Hacía dos días que habíamos estado allí, y ella lo sabía. Entonces, ¿por qué me hacía hamburguesas esa noche? También había comprado un vídeo con una película que habíamos visto unos meses antes y que a mí me había entusiasmado, y que a ella la había hecho vomitar. Además, me había dejado jugar con el ordenador una hora más de lo habitual. ¿Qué demonios estaba pasando por su cabeza? ¿La había trastornado el cirujano? Algo no funcionaba bien. ¿Se estaba volviendo loca? ¿Se habían colgado nuestras previstas vacaciones en la Manga del Mar Menor? En cualquier caso, sus ojos brillaban de una manera nueva.

—Benja, tengo algo que decirte.

—Sí, mamá. Te noto rara. ¿Qué te pasa? —le pregunté, y ella respiró hondo, cogió carrerilla y dijo:

—Jorge me ha pedido que me vaya de vacaciones con él. Solos él y yo, para conocernos mejor. Tiene una casa en Santander y hemos pensado ir allí, y viajar un poco por el norte. Él quiere que nos casemos, pero yo no estoy segura ni de mis sentimientos hacia él, ni de si quiero casarme de nuevo. No sé. Además, si me caso, perdería la pensión de viudedad. No sé. Necesito tiempo, y creo que es bueno que pasemos una temporada juntos, solos, para ver si nos soportamos más de cinco horas seguidas, y para ver si el cambio puede o no merecer la pena. ¿Qué crees tú?

Me quedé con la boca abierta. No esperaba que mamá saliera por ahí. Ella y Jorge. De vacaciones juntos, solos... ¿y yo? ¿Qué iban a hacer conmigo? ¿Qué iba a ser de mí ese verano? Yo también quería ir a Santander. O a la Manga del Mar Menor, o a donde

Mamá vio los cambios en la expresión de mi cara, mientras iba pensando todas aquellas cosas. Debió de adivinar mi pesadilla mental.

—Especialmente, tú tendrás mucho que contarme al final del verano —me espetó con una mirada cómplice y mientras se mordía el labio inferior, en un gesto muy suyo—. He hablado con los abuelos y con tu tío Sebastián.

Cuando nombró a mi tío, su cara se ensombreció, pero no tanto como otras veces.

—Tu tío ha venido unos días para firmar unos papeles con los abogados. Sólo estará aquí un par de semanas. Él... bueno, le he contado mis planes y... quiere que pases el verano con él... En África.

Mis ojos se hicieron dos lunas llenas. ¿En África? ¿Con mi tío? ¿Con Sebastián, al que mi madre odiaba, o al menos eso era lo que yo había creído hasta entonces? Caramba. Debía estar muy enamorada del cirujano, o había perdido la cabeza, si me dejaba ir a África con mi tío, que era como decir: ¡Hala, a la selva con Tarzán! ¡Milagros de la cirugía!, pensé de nuevo.

—¿Me vas a dejar pasar el verano en África con el tío? ¿De verdad?

—Sí, sí, de verdad. Pero prométeme que tendrás mucho cuidado con lo que haces. Hay sitios peligrosos. Nada de montar en la avioneta. Nada de nadar en el lago, que hay pirañas o algo parecido. Además, hay que vacunarte contra el tifus, contra el cólera, tienes que tomar comprimidos contra la malaria, y algo más de lo que no me acuerdo ahora. Bueno, hay que organizar todo en pocos días. A tu abuelo le parece bien. Eres su nieto mayor, y siempre es bueno que visites algunos lugares que son importantes para los negocios de la familia. —Aquí le volvía a salir a mamá la vena materialista, que no podía evitar.

«Y así podré visitar, por fin, los lugares que fueron importantes para mi padre —pensé yo—; allí donde él pasó su juventud, sus mejores años, y allí donde murió, él, que amaba tanto la vida. Así podré reconstruir su recuerdo en mi memoria.» Abracé a mamá y ambos lloramos. Se mezclaron lágrimas de emoción ante un futuro que se prometía fascinante para ambos, con lágrimas de tristeza por un pasado que ya nunca volvería, lleno de ilusiones rotas por el tiempo. Pero un pasado que yo iba a recuperar para el mundo de mi imaginación, para el mundo real de los recuerdos vivos, de la memoria viva.

Pasaron los días entre visados, pasaportes, vacunas y cremas contra los mosquitos y el sol. Estaba tan excitado con mi próximo viaje, que casi me olvido aquellos días de Almudena. Iba a pasar casi dos meses sin verla. ¿Cómo iba a soportarlo? Almu veraneaba en Gandía, y habíamos pensado vernos en la playa.

Fui a despedirme de ella y a contarle lo de África. Esperaba que llorara al decirle que no nos veríamos en todo el verano. Confiaba al menos en que se pusiera triste. Pero no pasó ni una cosa ni otra. Sólo me alargó su mano y me entregó un papelito con unas letras y unos números escritos. Parecía un misterioso mensaje en clave.

—Es mi dirección de correo electrónico —fue lo único que salió de su boca, nada parecido a las románticas palabras que yo aguardaba—, puedes mandarme mensajes y decirme cómo te va tu aventura en la selva.

Yo no sabía ni siquiera si Sebastián tenía ordenador, y mucho menos Internet, pronto me enteré de que poseía uno portátil, que chocaba con su aire entre bohemio y aventurero. El problema estaba solucionado. En mi primer mensaje le mandaría mi dirección e-mail, y ella también podría escribirme. ¡Divino progreso!, pensé. Me podría comunicar con Almudena desde la selva sólo con teclear aquel mensaje cifrado. Estuve a punto de llevarme el papel a los labios y besarlo (como sin duda había visto en alguna de aquellas películas que mamá alquilaba y que a ella le hacían llorar, y a mí a veces también, aunque a hurtadillas), pero mi prudencia todavía infantil me lo impidió. En vez de eso, le di un beso en la mejilla derecha cuando me despedí. Ella no me lo devolvió, pero me sonrió. Y yo me fui satisfecho y orgulloso de mí mismo, con el papel y sin el beso. En fin, fue una de esas pequeñas cosas que son capaces de hacernos felices o desgraciados en una fracción de segundo.

4

El medallón, el viaje en avión y, por fin, la selva africana

El día previsto para el viaje, mi madre me abrazó muy fuerte y me dio muchos besos. Supongo que se sentía culpable por dejarme con mi tío y expedirme como un paquete a la peligrosa jungla. Noté que hacía esfuerzos para no llorar. Era la primera vez que nos separábamos. Temí que en el último momento se arrepintiera de su aventura con el cirujano y que no me dejara marchar. No fue así.

Mi tío vino a buscarme por la mañana muy temprano para ir al aeropuerto. Un taxi esperaba a la puerta de casa. Mi tío me llevó la maleta al vehículo, mientras yo volvía a besar a mamá, cuyo rostro se debatía entre la sonrisa y el puchero. Subí al coche y fui moviendo mi mano fuera de la ventanilla hasta que mamá y yo dejamos de vernos, cada vez más separados por el largo asfalto de nuestra calle.

Metí mano y cabeza en el taxi y miré a mi tío, que me sonreía mientras me daba una palmada en el muslo izquierdo. No decía nada, sólo me miraba tal vez intentando adivinar mis sentimientos de excitación.

Entonces lo volví a ver, esta vez de cerca. Sebastián llevaba, como siempre, aquel extraño medallón colgado del cuello por una gruesa cadena de oro. La cadena no me gustaba nada. En cambio, había algo en el medallón que dirigía mis ojos hacia él sin remedio. Tenía una forma caprichosa; dos picos blancos, como montañas pintadas por un niño pequeño, cuyas laderas se juntaban en una especie de sima de suaves ondulaciones. Estaba rodeado por un aro dorado; y tenía un fondo de madera oscura que resaltaba aún más el blanco del relieve. De lejos parecía un barco de vela, como esos que se meten dentro de las botellas y que se venden en las tiendas de recuerdos de la playa. De más cerca se asemejaba a dos montes gemelos, pero cuanto más acercaba mis ojos al medallón, menos real me parecía su figura.

En el taxi, mi tío iba mirando, silencioso, a través del cristal de la ventanilla. Los modernos edificios empresariales de la Nacional II pasaban deprisa a nuestro lado, todavía iluminados por las luces eléctricas de la noche. Yo seguía mirando el medallón, fascinado por un extraño magnetismo. Por fin, le pregunté:

—Tío, ¿qué es este medallón? Siempre lo llevas puesto, ¿verdad? ¿Qué significa?

—Sí, siempre lo llevo conmigo. Es una muela de leopardo.

—¿Una muela de leopardo? —casi quedé decepcionado. Me había imaginado algo todavía más misterioso y noble que el diente de un felino; una muela, al fin y al cabo, es algo que tenemos todos, y además en una cantidad bastante considerable—. ¿Una muela de leopardo? Déjame tocarla.

Al pasarla por mis dedos, noté que tenía el tacto óseo y suave de mis dientes, pero en grande, claro.

—Es una muela del primer leopardo que cazamos tu padre y yo.

Al oír la palabra padre, miré a Sebastián con ansiedad. Por fin alguien me hablaba de papá sin echarse a llorar. Por fin, alguien me iba a contar algo de él, de su vida, de todo aquello que yo no sabía y que quería saber.

—Es una muela del primer leopardo que cazamos tu padre y yo. Íbamos juntos por el bosque. De pronto, lo vimos entre unos matorrales, callado, quieto y con esa mirada brillante de los felinos. Nos miró, sacó su lengua y se relamió de gusto. Había encontrado un buen desayuno: dos jóvenes adolescentes, un poco mayores que tú, Benjamín.

Yo seguía el relato de mi tío con la boca casi tan abierta como aquel animal. También yo tenía hambre como él, pero no de comida, sino de noticias sobre lo que había vivido mi padre.

—Empezó a caminar hacia nosotros, que estábamos inmovilizados por el miedo. A mí me dio un escalofrío que me recorrió desde la cabeza hasta la punta de las uñas de los pies. Sentí un frío instantáneo y comencé a sudar al mismo tiempo. El leopardo miró hacia tu padre, que iba desarmado. Tu padre me miró a mí. Yo lo miré primero a él y luego al leopardo. ¿Qué podía hacer? Nunca había disparado a ningún animal. Llevaba una escopeta que tu abuelo me había regalado una semana antes, pero sólo habíamos disparado a botellas, dianas y cosas así, nunca a ningún ser vivo, móvil y con colmillos afilados.

»El leopardo empezó a mirarme también con aquellos ojos cada vez más rasgados. Se estaba pensando a quién atacar primero, si a tu padre o a mí. Por fin se decidió. Dio tres pasos hacia mí. Entonces, cargué la escopeta y le disparé en el entrecejo. Fue un tiro certero. Cayó en el acto y no volvió a moverse. Dejé de sudar, pero mi cuerpo siguió helado mientras contemplábamos su cuerpo tendido en el suelo.

»El ruido del disparo alertó a mi padre, que vino

enseguida con tres de sus hombres. Todos nos felicitaron por lo valientes que habíamos sido y por haber cazado un animal tan grande. Tu padre y yo nos miramos. Se debatía una extraña mezcla de sentimientos dentro de nosotros, allí de pie, mientras mirábamos al leopardo muerto: estábamos contentos porque habíamos sobrevivido a un momento difícil y peligroso. Además, habíamos demostrado que éramos dignos hijos de nuestro padre, el gran cazador blanco al que todos admiraban, al abatir tan imponente fiera. Pero también respirábamos cierta tristeza e incomodidad por haber matado a un animal así. Era extraño que algo que había estado vivo a tres metros de nosotros, unos minutos antes, unos segundos antes, ahora estuviera muerto, inerte, con sus ojos abiertos pero sin vida, allí delante de todos; contemplado sin piedad por un grupo de nativos (habían venido más a felicitarnos por la hazaña) y por nosotros tres, que le rodeábamos. Satisfacción, sensación de poder y cierta amargura, eran sentimientos que se agolpaban y mezclaban en nuestros corazones en aquel extraño momento.

Sebastián interrumpió su relato para pagarle al taxista, que debía de haber estado escuchando, atónito, toda aquella historia mientras nos conducía hacia Barajas. Habíamos llegado al aeropuerto. Teníamos que hacer algunas cosas prácticas, así que de momento me quedaba sin conocer cómo la muela del animal se había convertido en aquel objeto extraño que pendía del cuello del tío.

Entramos en el aeropuerto de Barajas. Nuestro vuelo era uno de los primeros de la mañana y había poca gente por los pasillos. Todos, eso sí, con caras de sueño. Facturamos nuestro equipaje, pasamos el control de pasaportes, la aduana y entramos en la zona de tránsito. En la tienda libre de impuestos, compró Sebastián una botella de brandy para Henri. Yo todavía no sabía quién era aquel Henri, ni sospechaba que iba a formar una importante parte de mi experiencia africana durante los próximos dos meses. También compró un frasco de perfume caro para Lise. Pensé que sería alguna novia de mi tío; pero no, resultó ser la cocinera de la casa y esposa número tres de Henri. Yo compré en el quiosco una novela del inspector Maigret y una bolsa de chucherías. El vuelo era largo, y a mí los aviones siempre me han dado un poco de miedo, así que endulzado y entretenido con las investigaciones del policía francés todo iría mejor.

Embarcamos a las ocho y media de la mañana en un vuelo de la compañía suiza Swissair, que nos llevaría directamente y sin escalas a Libreville, la capital de Gabón. La aventura africana comenzaba.

Ya en el avión, con los cinturones puestos, pero todavía en tierra, pedí a mi tío que continuara con su narración. Me serviría además de terapia. Entonces y aún hoy, ese primer rato en el avión, antes de despegar, me llenaba de angustia; necesito hacer algo, oír algo o decir algo. Si no, me entran unas terribles ganas de bajarme y volver corriendo a la terminal. Es algo que no he podido superar con los años. Por eso, un buen libro o una interesante conversación se hacen imprescindibles en esos momentos. Afortunadamente, a Sebastián le apetecía hablar, cosa que no ocurría siempre, y prosiguió enseguida su relato.

—Los hombres se llevaron el animal al poblado. Al día siguiente, mi hermano y yo recibimos cada uno un medallón hecho con una muela del leopardo. El hechicero de la tribu los había hecho como símbolo de fuerza, virilidad, valentía y poder del hombre sobre las bestias. Yo no creo en ese poder por sí mismo. Fue el poder del rifle sobre el animal desarmado lo que lo abatió. ¿Sabes? Ante las balas, el más valiente, sea animal u hombre, se tiene que rendir. No es valentía lo que dan las armas. Eso es algo que deberás aprender. La fuerza hay que buscarla dentro de uno mismo, no en un objeto ajeno. Bueno, en cualquier caso, éste es uno de aquellos dos medallones. Tiene casi veinticinco años. Tu padre y yo lo llevamos..., lo llevábamos desde entonces. Era algo que nos recordaba una experiencia compartida, algo que hicimos juntos, que nos acercó a la muerte y a la vida al mismo tiempo. Algo que nos unió para siempre. Eso es lo más hermoso de este medallón.

Yo había oído la historia del medallón con tanta concentración, que no me di cuenta de que el avión estaba ya en la pista y preparado para despegar. Esa parte del viaje sí que me gusta: cuando los motores aceleran, el aparato coge velocidad y se desprende de la tierra. Miraba a mi tío, a los campos que se iban recortando como en pequeñas cuartillas a medida que íbamos ascendiendo. Miraba el medallón y miraba a través de la ventanilla, doblemente fascinado por el vuelo del avión y por la muela del felino.

Cuando se apagaron las luces para podernos quitar los cinturones, pregunté a Sebastián:

—Entonces, papá tenía otro medallón, ¿no? ¡Qué extraño! Tengo tan pocos recuerdos de mi padre, que no me acuerdo de habérselo visto nunca.

Mi tío asintió con la cabeza.

—¿Dónde está ahora? —seguí interrogándolo.

Se encogió de hombros, apretó los labios, me miró con cierto brillo en los ojos que entonces no supe traducir y dijo:

—Tal vez se perdió para siempre en las Montañas de Cristal, durante el accidente.

—Si papá lo hubiera llevado consigo, y dices que

siempre lo llevaba, ¿no?, pues tiene que estar en algún lado. Si durante el rescate no lo encontrasteis, tal vez se rompió la cadena con el choque y todavía esté entre los restos de la avioneta o en algún lugar cercano, en la montaña.

—Quizás, todo puede ser —respondió con aparente desinterés.

—¿Has vuelto allí después del rescate?

—No, nunca. El acceso es muy complicado. No creo que vuelva nunca a esa montaña.

—¿Por qué? —le espeté, mientras una auxiliar de vuelo nos servía un zumo de naranja—. Tenemos que encontrar el medallón de papá, tío. Subiremos juntos esas Montañas de Cristal, lo buscaremos, y yo podré llevarlo colgado de mi cuello, como un recuerdo de mi padre, me llevarás, ¿verdad?

El medallón empezaba de pronto a convertirse en una obsesión. Era algo que me ligaba a la figura de mi padre, que me podía llevar a compartir con él esa parte de su vida que me estuvo vedada durante tanto tiempo. Además, el nombre de Montañas de Cristal sonaba tan melódico a mis oídos, que se repetía en mi cabeza como el estribillo de una canción. Sebastián bebía pensativo su zumo, y entre trago y trago se fue saliendo por la tangente:

—En la explotación hay siempre mucho trabajo. En África ya no se hacen largas expediciones para buscar tesoros perdidos, probablemente inexistentes. Has visto demasiadas películas de Tarzán y cosas similares. ¿Cómo se llamaba su novia, Jami, Nanie, Jane? Una que me gustaba mucho de niño, aunque no era de Tarzán, era *Las minas del rey Salomón,* ¿la has visto? Ésa está bien.

—Tío, no cambies de tema —me irritaba su manera de tratar de convencerme como a un niño pequeño, con argumentos peliculeros—. No se trata de eso. Se trata de encontrar algo que perteneció a mi padre, que fue importante para él. Si encuentro el medallón, conoceré algo más de mi padre, ¿entiendes? Es una parte de su vida, la que vivió lejos de mí, la que quiero recuperar. Su recuerdo también es una parte de mi vida. No me quites eso, tío. Mamá quiere borrar a papá de su mente para poder vivir de nuevo, pero yo no, yo quiero rescatarlo del olvido para mí. Para poder saber quién soy, para conocerme a mí mismo, necesito saber quién fue de verdad mi padre.

—¿Y crees que teniendo el medallón vas a conocer mejor a tu padre, que vas a saber más de él que lo que yo u otros te podamos contar?

Me quedé callado. Mi tío no daba importancia a los objetos, pero yo sí. Me aferraba a tener algo que tocar, algo que hubiera tocado él; era como si así me pudiera transmitir una parte de él.

—Creo que algo ayudaría —dije por fin—. Promete que me llevarás.

Estoy seguro de que en aquellos momentos, y mientras terminaba su zumo de naranja y los cacahuetes que la azafata nos había dado, Sebastián se estaba arrepintiendo de haberme llevado con él. No obstante, comentó inesperadamente:

—Nada de promesas. Sólo sirven para coartar la libertad, y eso es algo que no debemos hacernos el uno al otro. ¿De acuerdo?

Le miré extrañado. No entendía el significado de la palabra coartar, ni sabía qué tenía que ver la libertad con todo aquello de lo que estábamos hablando. Mi tío era diferente a los demás hombres que yo conocía. Me iba dando cuenta de ello; pero todavía me quedaban muchos momentos para observar hasta qué punto era así.

De cualquier manera, no conseguí arrancarle una promesa, pero tampoco una negativa, y eso ya era una victoria. Seguro que hallaría la manera de convencerle para subir a la montaña y encontrar el medallón perdido.

Después de la conversación sobre el medallón, una azafata de ojos rasgados nos entregó la bandeja con la comida. Nos dedicó una sonrisa de dentífrico mientras nos decía un «*Voilà, messieurs*», en francés. Tarde o temprano se acostumbra uno a la comida de los aviones. Pero las primeras veces siempre hay cierto elemento de curiosidad por saber qué hay debajo de la tapa metálica que mantiene el calor de la comida. Nos dieron pechugas de pollo con arroz. Había una salsa amarilla por encima. Mi tío me informó de que se llamaba salsa de curry y que se utilizaba mucho en la cocina oriental.

Mamá no solía usar especias en las comidas, ni siquiera sal, dice que no es sana para el cuerpo. Bueno, el caso es que aquel arroz con curry tenía un sabor muy peculiar que me gustó. También había una ensalada de pasta con pasas, que no estaba mal. De postre, un trozo de melocotón en almíbar y un pastelillo del tamaño de mi dedo pulgar. En aquel tiempo, yo comía como una lima. Estaba creciendo y tenía que comer, me repetía constantemente mi madre. Me quedé con hambre, así que me terminé las chucherías que había comprado en el aeropuerto, ante la mirada de asco de Sebastián, que no soportaba ninguna de aquellas delicias blandas y pegajosas. Al poco rato me dormí.

Recuerdo que soñé con el medallón, con elefantes y con tigres. Lo de los tigres en el sueño era un poco raro; yo entonces ya sabía que de eso no hay en África, pero ya se sabe, en los sueños pasan cosas muy raras e incoherentes. También soñé con Almudena convertida en mariposa, y con Borja con orejas y dientecillos de murciélago. ¡Qué asco de chaval! Hasta en aquellos momentos se me aparecía.

Me despertó la voz francesa del *voilà, messieurs* de la auxiliar de vuelo, cuando nos ofrecía un bocadillo extraplano de salmón ahumado como merienda. Para beber, pedí un zumo de naranja, por aquello de la vitamina C y la comida sana de mamá. Sebastián pidió una coca-cola. A su lado se sentaba una señora muy enjoyada, que solicitó una botellita de vino, que se metió al bolso, mientras me lanzaba una sonrisa muy pintarrajeada. Antes, durante la comida, también se había guardado el pequeño vaso de cristal con el anagrama de la compañía aérea. Se ve que viaje a viaje se iba haciendo con una cristalería extra. ¡Hay gente para todo, ya se sabe!

Desde la ventanilla veía cómo iba cambiando el paisaje. Habíamos dejado ya atrás el desierto del Sahara: kilómetros y kilómetros de arena, que formaban una gran mancha amarilla con matices sombreados a nuestros pies. Podía adivinar a los camellos en su acompasado y lento caminar, acarreando las jaimas de los beduinos. Es alucinante que puedan estar meses sin beber. La idea me dio sed y me terminé mi zumo de un trago. De repente, el color de la tierra cambió, y una gran alfombra verde se extendió bajo el avión. ¡Estábamos sobrevolando la selva! ¡Por fin! El piloto dijo en francés que en aquellos momentos cruzábamos el ecuador, esa imaginaria línea que nos cambia de hemisferio y que hace que veamos otras estrellas diferentes. ¡Qué mundo tan grande y tan pequeño! Con este paradójico pensamiento me volví a dormir. Aunque me había llevado un libro para el viaje, no conseguí abrirlo. Siempre había algo que ver o que hacer en el avión, de modo que no leí nada. ¡Tenía todo un gran libro abierto a mis ojos al otro lado de la ventanilla, de frente, y justo abajo, a la derecha!

Después de ocho horas de vuelo sin escala, aterrizamos en el aeropuerto de Libreville. Recogimos el equipaje y volvimos a la pista para tomar la avioneta que nos llevaría hasta la casa de Sebastián, en medio de la selva. Aquella casa la habían hecho los abuelos con sus propias manos hacía ya muchos años. Por fin iba a conocer el hogar en el que mi padre había pasado parte de su infancia y de su juventud.

Montamos en la avioneta, y así empezaba a desobedecer las recomendaciones de mi madre. Debo confesar que me daba bastante miedo, a la vez que ejercía sobre mí una extraña fascinación. En una igual había muerto papá. Y mi tío era el piloto. Verdad era que llevaba muchas horas de vuelo, pero aquello tan pequeño que parecía de juguete me inspiraba muy poca confianza. Sebastián leyó mi pensamiento y sus ojos me sonrieron tristemente. Puso su mano firme en mi hombro y me dijo: «Ahora vamos a casa. Tenlo por seguro». Había siempre algo en su mirada y en su voz que tenía el don de tranquilizarme. Todavía hoy no sé por qué, pero algo había en él que transmitía seguridad y confianza a todos los que estábamos a su alrededor. Eso era parte del extraño magnetismo de Sebastián. Poco a poco iría conociendo otras caras de su poder de seducción.

Sobrevolamos la selva a pocos metros de altitud por encima de árboles y de lagos. Vimos una familia de elefantes en un claro del bosque, y a una leona que miraba hacia nosotros mientras que, temerosa, protegía a sus crías. Un nuevo mundo se abría otra vez, pero ahora mucho más cerca. Era como si la avioneta se deslizara sobre un mundo mágico de nuevas realidades, llenas de misterios, peligros, alegrías y belleza. Se mezclaban en mi interior sentimientos de miedo y fascinación, por lo que veía desde el aire, por lo que no veía pero imaginaba, y por todo aquello que ni siquiera podía imaginar y que, era seguro, me estaba esperando.

5

Llegamos a la casa del bosque

Sobrevolamos los lagos, que eran como manchas azules entre el verde del bosque. Los brazos de los lagos formaban caprichosas ramificaciones que se estrechaban en líneas azuladas, que no eran otra cosa que los riachuelos que de allí nacían. Parecían como estrellas azules en medio de un cielo de color verde. Conforme nos íbamos acercando, el viento que creaba el aparato mecía sus aguas en pequeñas olas, doradas por los destellos del sol de la tarde. La pista de aterrizaje era una delgada franja de tierra que surgía del lago y terminaba en el bosque. Tocamos casi el agua para entrar en ella, y la avioneta se deslizó suavemente hasta que paramos. El aterrizaje desde la avioneta nada tenía que ver con el que habíamos hecho con el avión. Mi tío al volante, la pista tan pequeña. Tuve pánico, pero la excitación ante el acercamiento pudo más, y no cerré los ojos. No quería perderme nada de lo que África tenía que enseñarme, ni siquiera sus peligros.

Mientras estuvimos en la pista, un grupo de hombres y mujeres se acercaron hacia nosotros. Vestían ropas de mil colores llenos de vivacidad. Sonreían y daban palmas ante nuestra llegada.

Una gran algarabía nos fue rodeando mientras bajábamos del bimotor. Me miraban con curiosidad, tocaban cada parte de mi cuerpo, mientras repetían el nombre de mi padre. Mi cara y mi expresión recordaban las de él. Yo ya lo sabía. Todos me lo decían en Madrid. Sólo me faltaban bastantes centímetros de altura para parecerme más a él, que había sido muy alto. Las fotos en casa de mi abuelo me habían mostrado mi parecido con el rostro de papá cuando era joven; pero iba a ser a partir de ahora cuando empezaría a conocer aquello que de mi padre había dentro de mí, en mi corazón y en cada poro de mi piel.

Ya he dicho que me tocaron. Hablaban en francés. Afortunadamente, había estudiado esa lengua en el instituto, y por mi cuenta había leído a Julio Verne en su idioma original, y también todas, o casi todas las aventuras del inspector Maigret de Simenon, así que podía entenderlos y hablar bastante bien.

Aquel día, en poco rato, empecé a conocer a algunas de las personas que más influirían en mí durante aquellos dos meses de mi estancia en Gabón, y a las que siempre llevaré conmigo en lo más profundo de mi alma.

Una mujer joven, vestida con un traje verde ribeteado en plata, y con un tocado de raso en el pelo, que hacía juego con el vestido, nos recibió a mi tío y a mí con sendos ramos de flores. Miró con una sonrisa muy luminosa a Sebastián, algo así como mi madre cuando miraba al cirujano o hablaba con él por teléfono. En aquel instante pensé que tal vez era la novia de mi tío, pero días después descubrí que no era así, aunque a ella seguramente le habría encantado tener algo que ver con él. Se llamaba Cecilia y estaba en el servicio de la casa, se encargaba de limpiar, de lavar y planchar la ropa de Sebastián, y de ordenar las habitaciones. La vi muy pocas veces, pronto se fue de vacaciones, a visitar a su familia, que vivía en el sur de Gabón. Detrás de ella, con un mandil blanco y un pañuelo también blanco que escondía su negra y rizada cabellera, se nos acercó Lise, la cocinera, que nos ofreció dos zumos de frutas. Era la primera vez que yo probaba aquellos sabores; la receta la aprendí días después: mango, papaya, piña, limón, agua y un poco de leche, todo batido. Su ancha sonrisa al comprobar mi avidez mientras me bebía la refrescante pócima fue una recompensa mutua, que se repetía cada vez que me miraba comer sus platos. Durante el tiempo que estuve en la casa, pude saborear menús exquisitos y exóticos, cuya existencia me era insospechada hasta entonces. Conozco los ingredientes de algunos, pero de otros Lise pensó que era mucho mejor que no los supiera nunca.

Una vez hubimos bebido la ambrosía de Lise, se nos acercó un hombre. No era ni muy alto ni muy bajo, bastante corpulento, de ojos vivaces y muy pequeños, semiescondidos tras unas rotas gafas graduadas, de pasta amarillenta. Vestía unos pantalones vaqueros muy viejos y una camisa verde con cuadros azules. Me fijé bien en sus dientes, que brillaban más que los de todos los demás en su rostro oscuro. Me pregunté qué pasta dentífrica usaría. Su dentadura mostraba además dos dientes de oro, una muela inferior a la derecha y el colmillo superior izquierdo, lo que le daba cierto aire felino. De su cuello colgaba, además, un collar con varios colmillos, que seguramente eran de leopardo, lo que me hizo recordar de nuevo la historia del medallón. El hombre me tendió la mano, mientras Sebastián me lo presentaba:

—Benjamín, te presento a Henri, el capataz, el hombre en el que más confío en toda África. Ojalá aprendas de él al menos una décima parte de lo que yo he aprendido. Es un hombre sabio. Conoce palmo a palmo el bosque y todo lo que lo habita, esté vivo o muerto.

—El patrón es siempre muy lisonjero conmigo, chico, no le hagas caso. Él ha aprendido todo lo que sabe gracias a tu abuelo, a tu padre y a sí mismo. El pobre Henri poco tiene que ver con eso —así, modestamente, contestó el capataz a las palabras de Sebastián. Pero yo sabía que si mi tío decía algo, era cierto. No era un hombre de muchas palabras, y menos sobre los demás, así que, cuando pronunciaba alguna, solía tener razón.

—Mucho gusto, señor.

Fue lo único que se me ocurrió decir mientras contemplaba fascinado su colmillo dorado, que tanto destacaba con su piel tan negra, y los colmillos tan blancos alrededor de su cuello oscuro. Tengo que confesar que aquella primera vez que vi a Henri me sobrecogió su presencia. Había algo misterioso en él. No tardaría mucho en saber qué era, y pronto aprendí a admirar su talento y su lealtad, como hacía Sebastián y como había hecho mi padre.

6

Nuestra casa en medio de la selva

La casa estaba situada en un pequeño promontorio muy cerca del lago. Se levantaba sobre ocho columnas de unos dos metros y medio de altura que la protegían de la posible entrada de animales. Estaba rodeada por un jardín que en otro tiempo había sido plantado y cuidado por mi abuela, pero que ahora mostraba una evidente falta de atención. Lise y Cecilia tenían demasiado que hacer con atender la casa y las comidas de los trabajadores, y carecían de tiempo que dedicar al jardín, así que crecían demasiados hierbajos entre las plantas principales. Había nueve palmeras que formaban una especie de túnel que conducía hasta la casa. Sebastián me dijo que papá y él las habían plantado hacía muchos años; al principio eran diez, cinco a cada lado, pero una se había secado tiempo atrás. Entonces no levantaban más de tres palmos del suelo. Ahora eran más altas que la propia casa.

El edificio era una construcción plana, de una sola planta, hecha con madera del bosque y rodeada toda ella por un porche abierto alrededor. Para llegar hasta él era necesario subir siete escalones. Lo primero que me llamó la atención de la enorme terraza fue un balancín desde el que muchas tardes vería el crepúsculo durante mi estancia, aunque entonces todavía no lo sabía. También vi una mesa de ping-pong, varios sillones y algunas macetas con flores. En las paredes exteriores colgaban algunos trofeos de cuando el abuelo y sus hijos todavía cazaban: cuernos de búfalo, antílopes y cosas así. Me pareció una decoración un tanto siniestra, pero no dije nada. Hacía años que habían decidido no cazar más que aquello que fuera necesario para sobrevivir: bien fuera para comer en algún momento en que estuvieran adentrados en la selva, bien para defenderse del ataque de alguna bestia salvaje. Las tierras que nos rodeaban estaban repletas de leopardos y de elefantes, que podían ser muy peligrosos.

El porche tenía tres entradas a la casa: una daba directamente al despacho de Sebastián, otra a la cocina, y otra al salón-comedor, que ocupaba casi todo el frontal oeste y que estaba abierto hacia fuera por dos grandes ventanales a ambos lados de la puerta. Desde el salón salía un pequeño corredor que lo comunicaba con el resto de las habitaciones: tres dormitorios, un baño, la cocina y el despacho.

Sebastián me fue enseñando la casa.

El dormitorio de los abuelos estaba siempre preparado por si alguna vez volvían, pero en los dos años siguientes al accidente no habían regresado. El de papá permanecía casi como él lo había dejado; sólo sus ropas habían sido repartidas entre algunos hombres del poblado. Pero allí estaban algunos de sus recuerdos colgados de la pared o sobre la cómoda: fotos de su infancia compartida con mi tío y los abuelos, una gran foto de él con el famoso leopardo cuya muela se convertiría en el medallón soñado; otra de su boda con mamá, ella con un vestido blanco horrible, pero que, conociéndola, debía haber estado a la última en aquellos años. También había dos fotografías mías: una de bebé en brazos de mi padre, que me levantaba por los aires como si fuese a echarme a volar; y otra del día de mi primera comunión, con ese aire serio y formal, misal y rosario en mano, que tienen los niños cuando comulgan sin saber muy bien lo que significa todo el ritual. Se me humedecieron los ojos cuando vi todo aquello por primera vez. Me daba cuenta de que seguramente, poco antes de partir hacia el que sería su último viaje, papá habría mirado aquellas fotografías desde el mismo lugar en que yo estaba de pie en aquel preciso instante. Habría tenido que entrar a aquella habitación para recoger las llaves de la avioneta, las gafas de sol o la cartera, que habrían estado guardadas en alguno de aquellos cajones de la cómoda. Ahora estaban casi vacíos: sólo algunos papeles quedaban dispersos, algunas cartas de mamá, que Sebastián no había tirado, también alguna carta mía con letra todavía infantil, y un dibujo hecho por mí en la escuela para algún día del padre que habría pasado lejos de nosotros, como casi todos. Pero todo lo había guardado y yo estaba seguro de que lo contemplaba cada noche antes de dormir. Y allí estaba yo ahora, en el mismo lugar, respirando aquel mismo aire que había respirado papá aquella tarde dos años antes, y muchos días más durante toda su vida.

Mi equipaje se quedó en ese cuarto, pues iba a ser mi habitación durante mi estancia en Gabón, así lo había dispuesto Sebastián y yo lo agradecí. Me encantó que la cama fuera tan grande, de dos metros de ancho, porque así iba a poder dormir a pierna suelta. Aquella gran cama con la cubierta de mil colores haciendo dibujos geométricos no tenía nada que ver con la mía de casa, de noventa centímetros, incrustada en uno de esos armarios-estantería azul marino de modelo barco de El Corte Inglés que tanto le gustaban a mamá y que ella había elegido, sin tener en cuenta mi gusto, y que yo había odiado desde el primer momento.

Mi tío me fue enseñando el resto de la casa: su habitación, que era una copia exacta en tamaño y en mobiliario de la de mi padre. También había fotografías de cuando eran pequeños, la foto con el mismo leopardo de antes, pero ahora con la cara de Sebastián sonriendo a la cámara. También tenía otra donde aparecíamos todos los primos en un día de Reyes abriendo los regalos con caras de infantil asombro. Él nunca había estado casado y, por tanto, allí no había ninguna foto de boda ni rastro de ninguna mujer, pese a todo lo que mamá solía decir de él.

Pasamos a la cocina y allí Lise me ofreció con su sonrisa y mirada picaruela otro zumo de frutas, esta vez de un fuerte color verde y con un sabor a menta igualmente intenso. Era muy refrescante, lo que se agradecía con aquel calor tropical, al que tardaría aún unos días en acostumbrarme.

Del cuarto de baño, nada especial que decir, tenía lo mismo que todos. Olía igual que el de la casa de los abuelos, eso sí que me llamó la atención. A la abuela le gustaba especialmente cierto ambientador perfumado con lavanda que había usado siempre y que todavía se seguía empleando en la casa de la selva, aunque ella no estuviera.

Por fin pasamos al despacho de Sebastián. Cada centímetro de las paredes estaba recubierto con fotografías, cuadros y máscaras. Fotos muy formales con personas importantes de Gabón y también con gente a la que yo había visto frecuentemente en la televisión española y en los periódicos. Algunos óleos de paisajes africanos y cuadros hechos con alas de mariposa que hacían los nativos y que me parecieron crueles («pobres animales», pensé), pese a su belleza colorista. Máscaras rituales que Sebastián coleccionaba y que parecían mirarme desde sus ojos vacíos como preguntándose: «¿Qué hace este ser, pequeño y nuevo, por estos lugares? ¿Quién será este jovencito insensato?». En las estanterías parecían vigilar la estancia figuras de ébano y de marfil y algún que otro colmillo de elefante.

En una de las paredes había decenas de discos junto a una cadena musical supermoderna, que Sebastián había traído de uno de sus viajes a Europa. Eché una rápida ojeada a los títulos por si había algo interesante que poder escuchar, pero no vi nada ni nadie conocido para mí: ópera y nada más que ópera. Así empecé a descubrir la pasión de Sebastián por el *bel canto* (así lo llamaba él), que escuchaba siempre que tenía tiempo; a veces en silencio con los cascos puestos, a veces tan alto que las columnas que sustentaban la casa se debían de remover dentro de la tierra porque retumbaba todo, hasta los platos de la cocina.

No sé de dónde le venía aquella afición a los gorgoritos. El resto de la familia no soportaba la música clásica. Pero la ópera y sus tazas de té u otras hierbas afines formaban parte de su identidad tanto como la coleta en la que recogía informalmente sus grises cabellos, y como el medallón que día y noche colgaba de su cuello y que cada vez que lo miraba me obsesionaba más.

De lo que no había apenas eran libros, sólo diez o quince en todo el despacho. Eran de historia y de geografía africana; también alguno sobre arte ritual, que tanto le interesaba a mi tío, pero ni rastro de novelas o de poesía. Aquello no se parecía en nada al estudio de mamá, que era una verdadera biblioteca, con todas las paredes llenas de libros. Me parecía raro que alguien pudiera sobrevivir sin ellos; tan acostumbrado estaba yo a sumergirme en novelas. También me había dado cuenta de que no había ningún libro en su mesilla de noche, cosa que me había extrañado muchísimo: ni mamá ni yo éramos capaces de dormir si antes no leíamos un buen rato entre las sábanas. Por eso no pude evitar preguntarle a Sebastián:

—Tío, ¿dónde están los libros en esta casa?

—¿Libros? Ahí los tienes, en esa estantería —dijo señalando los que ya había visto.

—¿No me querrás decir que sólo tienes esos libros? No puede ser.

—Benjamín, lamento comunicarte que tu tío es un lector pésimo. No es que no me guste leer, es que no puedo. Me es imposible. Cojo un libro entre las manos y me quedo dormido en menos que canta un gallo. Soy incapaz de terminar un libro. Ésa es la verdad.

—No es posible —repuse yo escandalizado—, ¿cómo puede aburrirte leer? Para mí un buen libro es como un buen amigo: hace compañía y no molesta ni protesta.

—Eso lo has aprendido de tu madre, ¿no? Mira, Benja, leer lo que otros hombres o mujeres hayan escrito no me interesa, cuando puedo leer lo que ha escrito la naturaleza. Además, ¿qué podría leer yo?, ¿una novela de aventuras? Yo vivo aventuras. Verás, los lectores están en su sofá y leen cosas parecidas a las que yo vivo, y los escritores inventan y escriben sobre el papel experiencias como las que yo tengo aquí casi cada día, para bien o para mal. No me hace falta leer si vivo todo esto —lo dijo mientras señalaba el gran ventanal abierto que se extendía por la pared oeste del despacho y desde el que se veía ponerse el sol en aquel preciso momento. El espectáculo real era de una belleza sobrecogedora, que según Sebastián superaría cualquier ficción libresca; pero yo no me dejaba convencer por su discurso sobre su falta de necesidad para leer libros. Simplemente, no podía entenderlo.

—Pero, tío, los libros enseñan cosas. Leyendo se aprende. Yo he aprendido mucho así.

—Sí, no lo dudo, tú has aprendido mucho leyendo en una habitación de tu casa, encima de tu cama, bajo la luz de una lámpara eléctrica. Yo he aprendido mucho también viviendo aquí, en la selva, en el mundo abierto, bajo la luz natural del sol. Son dos maneras de aprender y de vivir. Tú eliges una, yo elijo la otra. No pasa nada. No tenemos por qué hacer lo mismo, ¿no te parece?

—Pero, ¿nunca has leído ningún libro de verdad, ninguna novela? —seguí preguntando, extrañado todavía y pensando que quizás mi madre tenía razón cuando decía que Sebastián era un salvaje del tipo de Tarzán, que tampoco conocía a Gutenberg.

—Sí, sí, he leído un par de novelas por compromiso con quien las escribió, que me las regaló y no me quedó otro remedio que tragármelas. Tardé meses, eso sí, pero lo hice.

Sebastián era una caja de sorpresas: no leía, pero resultaba que conocía al menos a un escritor.

—¿Te las regaló quien las escribió? ¿Conoces a algún autor de novelas? Me lo tienes que presentar. Quiero conocerlo. Siempre he querido conocer a algún escritor. Lo harás, ¿verdad? Yo de mayor quiero ser escritor y escribir sobre África.

—Tienes mucho que vivir y experimentar para poder escribir sobre África o sobre cualquier cosa —replicó con un tono escéptico—. No es tan fácil como crees. Y... sí, conozco a alguien que escribe.

—¿A quién? ¿A alguien famoso? —Yo todavía entonces me dejaba deslumbrar por todo aquello que salía en la tele.

—¡Oh, Benja! ¡No seas tan pesado! No quieras saber todo el primer día, ¿eh? Poco a poco irás descubriendo y conociendo las cosas que te rodean. No querrás escribir el libro de tu vida en una sola tarde, ¿no? Además, es hora de descansar, tienes que estar cansado.

Me iba dando cuenta de que Sebastián tenía razón casi siempre. Era una persona sabia, aunque no hubiera leído mucho. Entonces recordé que cuando me presentó a Henri me había dicho de él que era un hombre sabio, y yo estaba seguro de que Henri tampoco era un gran lector de libros. Entonces empecé a comprender que se podía ser sabio sin ser lo que llamamos un intelectual y ser un perfecto zoquete habiendo leído toda la Biblioteca Nacional. Seguramente, la sabiduría nacía de reflexionar y de vivir, en el verdadero sentido de ambas palabras.

En cualquier caso, aquella noche en la cama de mi padre y rodeado de sus cosas, cogí mi libro de Simenon que en el avión no había conseguido ni abrir, y me lo leí de una sentada, como siempre hacía con los misteriosos casos del inspector Maigret. Antes había sacado de la maleta mis ropas, mi caja de acuarelas y los libros que había traído para leerme en aquellos dos meses de vacaciones: siete en total, cinco novelas de aventuras y dos que nos habían recomendado en el instituto como lecturas de verano. Los dejé en uno de los estantes vacíos para enseñarle a Sebastián que yo sí leía y que no me dejaba influir por sus opiniones, dijera lo que dijera.

7

Primeros días en la selva

Los primeros días en Gabón los dediqué a conocer un poco los alrededores de la casa, que era muy grande y tenía muchos rincones que explorar. El patio estaba lleno de hierbajos que me dediqué a limpiar, de manera que empezó a recobrar el aspecto de un jardín. Sebastián me sonreía cuando me veía recoger hojas de los parterres, pero no decía nada. Sólo ladeaba la cabeza de un lado a otro. Como todavía me conocía poco, no sabía que yo era muy aficionado a la botánica y que me encantaba todo lo que tuviera que ver con las plantas. En mi casa era yo quien plantaba las flores en el jardincillo, y también en casa del abuelo. A la abuela le gustaban mucho las rosas, y era yo quien podaba los rosales cada mes de noviembre.

También me gustaba pasear a orillas del lago. Algún rato cogía una canoa e iba remando hasta el centro del lago, desde donde se veía la vivienda como una gran caja blanca y lisa, recortada en medio de los árboles del bosque.

Me había traído las acuarelas. En la escuela y en el instituto siempre se me dio bien el dibujo. Por las tardes, después de comer, solía sentarme en el balancín del porche y pintaba todo lo que veían mis ojos. Hasta le hice un retrato a Lise, que era la que más admiraba mi arte. Lo pegó en el frigorífico y lo miraba cada vez que lo abría; lo puso a la altura de su cara, de manera que cada vez que lo veía, parecía que se estaba contemplando en un espejo.

Aquellos primeros días devoraba mis libros: con tanta avidez leía, que terminé tres libros en cinco días. Tenía que disciplinarme si no quería acabar con los siete que me había traído en una semana. No sospechaba entonces que días después mi mente y mi cuerpo se empezarían a ocupar de otras cosas y que apenas tendría tiempo ni ganas de sentarme a leer.

Mi tío tenía mucho trabajo durante ese período. Estaban cargando troncos para transportarlos en camiones primero y en barcazas por el río después, hasta el puerto de Port Gentil. Yo le preguntaba a Sebastián casi todos los días, cuando volvía del trabajo, cuándo iríamos a buscar el medallón. Él siempre me contestaba con evasivas, me decía que todavía no, que había que esperar a terminar de organizar toda aquella partida de madera; y que luego ya veríamos. A veces pensaba que no iríamos nunca. Sebastián no me había prometido nada. «Las promesas atan», había dicho. No estaba comprometido conmigo, así que nada podía exigirle. Tal vez nunca recuperaría el medallón de papá. No sabía qué pensar. Ni qué sentir. En cualquier caso, los días siguientes me depararon muchas sorpresas que hicieron que el medallón perdido pasara a ocupar un segundo plano en mis pensamientos. O casi...

8

Una tarde un mono se harta de la ópera

Después del trabajo, a Sebastián le gustaba relajarse tomándose una o dos tazas de té. No le gustaba el café. A mí me extrañaba; era la única persona que conocía que no lo tomara al menos un par de veces al día. Mamá era muy cafetera y yo, aunque normalmente bebía leche con colacao, de vez en cuando me permitía un gran tazón de café con leche, sobre todo cuando tenía exámenes, para despejarme. Pero Sebastián no. Le daba náuseas sólo el olor, así que tomaba té, mucho té, especialmente por las tardes, cuando anochecía y regresaba de la explotación de maderas que dirigía. Entonces se sentaba en su gran butaca articulada que podía mover a su antojo; era de color salmón y muy cómoda. Cuando mi tío no estaba, me gustaba tumbarme en ella, leer y contemplar el lago desde aquella especie de trono. Pero cuando regresaba, aquél era su sitio sagrado y nadie osaba quitárselo. Antes de acomodarse en él con la taza de té, ponía música, siempre e invariablemente ópera. Confieso que salí un poco harto de tanto *bel canto,* pero luego, con los años, me llegué a aficionar y me hice tan adicto como él.

Una de aquellas tardes estábamos escuchando *Tosca,* de Puccini, una de esas óperas con una historia tan trágica que acaba muriendo hasta el apuntador, llena de traiciones, celos y asesinatos. Con la música tan intensa y fuerte que tiene, y el volumen que Sebastián solía poner, aquello se debía oír hasta en los confines de la selva. Lise, que odiaba los gorgoritos y a la que sólo le gustaban los sonidos de los tambores y del tam-tam, se ponía unos algodones en los oídos, que asomaban por sus orejas y le daban un aspecto de duendecillo; así intentaba mitigar el ruido ensordecedor. Yo pensaba que algún día la casa se caería; de hecho me parecía que los pilares se tambaleaban y que el suelo temblaba. Sebastián, en cambio, de lo que temblaba era de la emoción y ponía una cara de placer como de estar en la luna, algo así como la que debía de poner yo cuando oía hablar a Almudena de matemáticas o de lo que fuera.

Pues bien, una de aquellas tardes empezamos a oír ruidos extraños fuera de la casa, que en nada se parecían a los que emitía la orquesta.

De pronto, vimos cómo algo duro se estrellaba contra el ventanal. ¡Era un coco! Alguien se había irritado tanto con la música que se había hartado y nos había tirado un coco; en la ciudad se pueden tirar piedras y en la selva cocos, claro. Era natural, pensé. Pero, ¿quién se atrevería a atacar de esa manera la casa del patrón y por una razón así? No tenía mucha lógica.

Sebastián, a quien le molestaba como nada que le interrumpieran cuando escuchaba su música preferida, se levantó del butacón de un salto, salió al porche y lo vio. Yo también me levanté del sofá, tiré el libro que estaba leyendo y entonces lo vi. Nos miraba riéndose y mostrando sus dientecillos amarillentos, a la vez que emitía unos gruñidos de protesta y satisfacción por habernos molestado: risas, enfado y venganza delataban su cercanía al mundo de los humanos. Sin duda, Darwin tenía razón. Sí. Aquello que nos miraba irónico y que había lanzado el coco de manera airada hacia una ventana de la que salía una música que no le gustaba, era un macaco, o sea, un mono. El pobre debía de haber estado intentando dormir o algo así y los gritos de Tosca no le dejaban, de manera que se había enfadado tanto como para venir hasta la casa y atacar con premeditación: nuestras palmeras eran datileras y no tenían cocos, lo que quería decir que se lo había traído desde algún lugar no muy lejano del bosque.

Mi tío salió corriendo hacia él; el mono se giró bruscamente y corrió aún más deprisa. Entonces yo empecé a correr detrás de él. Mis notas en Educación Física no eran demasiado buenas, pero corría bastante bien. Pero el mono era más listo y me esquivaba a la vez que me miraba y se reía de mí. Me recordó a algunos compañeros del colegio que también se reían de mi delgadez y de mi baja estatura. Eso me enfureció. Cogí una piedra del jardín y se la tiré. No le di. Tampoco volví a intentarlo. Me entró una súbita lástima por el animal, a la vez que una cierta complicidad: a mí tampoco me gustaba aquella música, pero yo no podía tirar cocos contra mis propias ventanas, ni romper los discos ni nada parecido. Entendía su actitud. Así que me volví hacia la casa y le dejé marchar. En aquel momento, por alguna razón, me sentí bien conmigo mismo, había podido elegir entre atacarlo o no, y no lo había hecho.

Sebastián me sonrió. Creo que le pareció bien mi decisión. Atacar a alguien más débil hubiera sido una cobardía, y eso era lo que habían hecho en la escuela conmigo demasiadas veces. No quería parecerme a los que me habían hecho sufrir tanto cuando era pequeño. Me sentí valiente por mi elección y, sobre todo, me sentí a gusto con mi persona, lo que no solía ocurrir tan a menudo. También quería que Sebastián se diera cuenta de ello y que empezara a gustarle mi manera de ser. Me empezaba a importar más y más lo que pensara sobre mí.

Al acercarnos a la casa, me rodeó con su poderoso brazo como tantas veces haría durante aquellos meses. Me volvió a sonreír y sentí su calor. Cuando subimos al porche, vimos que el golpe del coco había producido un pequeño agujerillo en el ventanal. Allí no había cristaleros, así que habría que esperar para cambiarlo. Y como no hacía frío, tampoco pasaba nada porque el cristal estuviera un poco roto; además, era tan minúsculo que por allí no podían entrar serpientes ni nada parecido.

Entramos en el salón y seguía sonando la ópera. Pero como la protagonista ya había matado al hombre malo que la quería violar, mi tío volvió a poner todo el segundo acto entero, que me tuve que tragar antes de cenar. El pobre mono no había conseguido nada. Ahora tendría que volver a escuchar otra vez la terrible escena, aunque, eso sí, con un volumen un pelín más bajo, pero sólo un pelín muy pequeño, tan pequeño como el agujerito de marras.

9

De amor y de rosas

La tarde siguiente a la aventura con el mono, le puse un e-mail a Almudena para contárselo. Quería que estuviese orgullosa de mí, que se diese cuenta de que yo era, en realidad, más valiente que el estúpido de Borja. Acababa de terminar de enviarlo cuando llegó mi tío. La noche empezaba a caer ya sobre el lago, y el cielo se desangraba cubriendo de rojo las nubes en el horizonte. La silueta de Sebastián se recortaba en el ventanal de mi habitación. Venía con su inseparable taza de té. Cuando se acercó, vi que el líquido que bebía no era marrón como siempre, sino de un intenso rojo, casi tanto como el sol que se estaba escondiendo en aquellos momentos.

—¿Quieres probarlo? —me preguntó—. A ver si adivinas lo que es.

Así, de pronto, pensé que sería sangre de algún animal diluida en agua, por el color, de modo que debí de poner tal cara de asco, que enseguida me sacó de mi súbita náusea. Tenía ese don, su presencia y sus palabras siempre te tranquilizaban, contasen lo que contasen.

—Es jarabe de rosas —afirmó Sebastián.

Lo miré esta vez con rostro asombrado.

—¿Jarabe de rosas? —pregunté, entre extrañado e incrédulo—, ¿las rosas se beben?

—Sí —me contestó mi tío—. Se destilan sus pétalos, se cuecen con azúcar y luego se añade agua para beberlas, fría o caliente. Pero no creas que este jarabe se puede hacer con cualquier tipo de rosas, sólo con unas muy especiales que tienen un perfume muy intenso. Pruébalo.

Así lo hice, mientras miraba los ojos sonrientes de Sebastián. ¡Oh, maravilla! Era como si una rosa roja me estuviera acariciando los labios primero, la boca luego y el gaznate después. ¡Me estaba bebiendo una rosa! Me sentía como si estuviese cometiendo un sacrilegio y a la vez gozando del paraíso.

—Está buenísimo. ¿Para qué sirve? ¿Tiene propiedades curativas? —le pregunté esto a Sebastián porque sabía que era un amante de los poderes medicinales de las plantas, como Henri, y pensé que aquel brebaje también contendría beneficios para la salud. Pero mi pregunta le debió de parecer una insensatez bastante estúpida. Mi mente práctica todavía no me dejaba deleitarme con las cosas por sí mismas. Todavía me quedaba mucho por aprender.

—¿Que para qué sirve, insensato? ¿No te das cuenta? Sirve para disfrutar del placer de oler y saborear uno de los seres más hermosos de la tierra, que es la rosa, efímera y bella. Es como si así pudieras poseer la esencia de la propia belleza, y sentir su delicadeza en todos tus sentidos, en tu boca, en tu nariz. Sólo placer. Nada más y nada menos que sólo placer. Ésa es su utilidad, la del disfrute de este momento de placer y belleza. Beber la rosa. ¿Te parece poco?

Confieso que no entendía muy bien eso del placer y de la esencia. Aún no había estudiado a Aristóteles, y se me escapaba el significado esencial de lo que quería decirme Sebastián, pero bueno, algo cogí. Se trataba de ser uno capaz de recrearse en el momento presente y de disfrutar del buen olor y del buen sabor. Bueno, al menos, algo así fue lo que entendí entonces de las palabras un tanto extrañas de Sebastián. Pero, claro, como no podía seguir la conversación por esa línea, sólo pude preguntarle:

—¿Quién lo hace, Lise? —La verdad es que lo inquirí sin saber cómo. Me salió así, directamente. En el jardín había mil flores diferentes, y en la selva mil más, pero rosas, lo que se dice rosas, no las había visto yo por aquellos parajes.

—No, no lo hace Lise. No es una receta africana. Viene de muy lejos, de una casa en la campiña italiana, de un lugar donde no hay ni monos ni leopardos —y se acarició el medallón— ni elefantes; sólo algún jabalí, alguna víbora y muchas ardillas.

No sé por qué, pero noté un eco de nostalgia en la voz de mi tío cuando decía aquello. Parecía que se iba a poner sentimental, lo que no era frecuente en él.

—Entonces, ¿quién lo hace? —volví a preguntar—. No parece algo que se pueda comprar en el mercado de Libreville.

—¿A quién escribías? ¿A tu Almudena?

A eso se llamaba cambiar de tema, o quizás no tanto. Tal vez, Sebastián me estaba devolviendo la pelota, como en un partido de ping-pong. Sí, eso era. Entonces comprendí la matemática regla de tres, que en el colegio me había costado tanto trabajo aprender: mi mensaje a Almudena equivalía a sus rosas, o sea, quien hacía el jarabe debía de ser para Sebastián lo que Almu para mí, alguien muy, pero que muy especial. Tal vez un amor secreto. Ni mi madre ni los abuelos habían mencionado jamás que Sebastián tuviera o hubiera tenido alguna novia formal, sólo muchos devaneos amorosos; y a mí, hasta entonces, tampoco se me había ocurrido que él pudiera haber estado enamorado. Era lo que se dice un hombre de acción, nada sentimental a primera vista. Quizás aquél era el momento de averiguar qué había detrás de su máscara de hombre duro.

—Sí, escribía a Almudena —repuse—. Me gusta mucho, ¿sabes? Es guapa, simpática. Lleva un *piercing* en una aleta de la nariz, una especie de brillante rosa, que le queda muy bien. Es muy moderna. Tiene mucho éxito con los chicos. Yo le caigo bien, pero no sé si le gusto. Me da una de cal y otra de arena. Además, con estos granos no le puedo gustar a nadie. Y menos a la tía más buena de todo el instituto. Mamá dice que los granos se pasarán. Pero para entonces, seguro que Almu tiene otro novio, ¿no? ¿Tú tenías granos a mi edad?

—¿Granos, así en la cara? Pues la verdad es que no me acuerdo. Hace ya muchos años que tuve tu edad. Supongo que sí, pero no me acuerdo.

—Entonces es que no los tuviste. Si no, te acordarías, te lo puedo asegurar. Ésa es una de las cosas que no creo que la memoria sea capaz de borrar con los años.

Así le dije todo convencido. Fue entonces cuando me armé de valor y le lancé las preguntas que me estaban rondando por la cabeza desde hacía un rato:

—Por cierto, tío, a mi edad, ¿tú estabas enamorado? Y ahora, ¿estás enamorado?

Sebastián arqueó las cejas, aunque no me pareció que mi cuestión le sorprendiera demasiado. Me dio la impresión de que se la esperaba.

—A tu edad, todo el mundo está enamorado. Lo raro sería lo contrario. Sí, yo también me enamoré de una chica del colegio. Era muy estudiosa, demasiado para mí, que siempre fui un mal estudiante. ¿Te asombra? Pues es verdad, era un desastre, muy despistado, no me concentraba bien. Cuando estaba en España, en el colegio, siempre pensaba en África, en el resto de la familia, mis padres y mi hermano, que estaban aquí. Tu padre era más pequeño y tardó en venir al internado. Mis pensamientos estaban aquí, demasiado lejos de las matemáticas y de la literatura que los maestros intentaban que aprendiera en las clases. No, no fui un buen estudiante. No era capaz de estudiar. Mi mente estaba en otro lugar muy diferente de los libros. Y me sentía muy solo. Entonces me fijé en ella, que era tan distinta a mí. Ella vivía con su familia y parecía muy feliz. Pensé que nunca le gustaría. No tenía nada que ofrecerle. Sólo mi soledad y mi tristeza. Así que nunca me atreví a decirle que la quería.

—¿Nunca? —aquella palabra me pareció espantosa, ¿acaso yo tampoco sería nunca capaz de decirle a Almudena todo lo que me gustaba?—. ¿Nunca?

—Bueno, años después la volví a encontrar. Nuestras vidas habían seguido caminos muy diferentes. Ya no había nada que hacer.

—¿Se lo dijiste entonces? ¿Le dijiste todo lo que la querías cuando erais jóvenes? —le inquirí sin compasión.

—Tal vez, no me acuerdo. Tengo mala memoria.

Sebastián siempre decía lo mismo cuando quería salirse por la tangente o cambiar de tema. Ponía la excusa de su mala memoria, y así no decía lo que no le interesaba.

—Y ahora, tío, ¿qué ha sido de ella? ¿La sigues viendo?

—Eres demasiado curioso, Benjamín. Ahora ella está lejos, muy lejos, escribe novelas y hace jarabe de rosas.

Dijo eso mientras me daba una palmada en la espalda, justo antes de salir al porche por la misma puerta por la que había entrado. Me dejó con la palabra en la boca y preguntándome a mí mismo, porque él ya no estaba, quién sería aquella misteriosa mujer, si todavía la veía, si aún la quería, si ella le había correspondido o le correspondía aún en su amor, y si, en efecto, era ella la que elaboraba aquella ambrosía de flores que endulzaba su soledad en las largas tardes de África. Todavía tardé algunos años en saber quién era la secreta enamorada de Sebastián.

Entretanto, la habitación se había quedado en penumbra. Había caído la oscuridad que ya reinaba sobre el lago y me temo que también dentro del alma de mi tío. Pero al día siguiente nadie lo notaría y, como el sol africano, él se levantaría lleno de luz para todos los que estábamos a su alrededor. La sombra se la quedaba para sí mismo, si es que había tal sombra. Ése era uno de los muchos misterios que rodeaban la persona de Sebastián.

10

Sandrine aparece en escena

Una semana después de mi llegada, conocí a Sandrine. Sebastián se había ido a trabajar temprano, como hacía todos los días, y yo estaba desayunando en la cocina con Lise, que ya había venido y me había preparado un desayuno estupendo con muchas frutas, entre las que siempre había alguna novedad, y leche de cabra recién ordeñada por ella misma en el corral de su casa. Estábamos sentados a la mesa con nuestro respectivo vaso de leche en la mano, cuando apareció por la puerta una criatura preciosa. No dijo nada, me miró, se echó a reír, se acercó a Lise, le dijo algo al oído, siempre entre risas, me volvió a mirar y se fue corriendo. Entonces no noté que cojeaba ligeramente de la pierna derecha. Miré a Lise con curiosidad y le pregunté quién era.

—Es Sandrine, mi hija mayor. Tiene tu misma edad. Su padre es Henri, al que ya conoces.

Claro que lo conocía, y también sabía que Henri tenía hijos de diferentes madres repartidos por todos los alrededores, dieciocho eran los que tenía reconocidos, y que solían entrar y comer en su casa, pero admitía que en el poblado había muchos otros muchachos que se parecían enormemente a él. Y era verdad, según fui constatando a medida que fui conociendo a los habitantes de la aldea.

Así que aquella chiquilla era hija de Henri.

Si no hubiera estado tan enamorado de Almudena como creía estar, me habría vuelto loco por Sandrine inmediatamente. En su piel, oscura y brillante, se abrían dos ojos que chispeaban y una boca que invitaba a más de una tentación. Tenía un cuerpo muy esbelto y no usaba sujetador. Su pelo estaba peinado con infinitas trencitas, según la costumbre de esa región de África, y algunas de esas trencitas se recogían en una especie de moño en lo alto de la cabeza, lo que todavía alargaba más su figura. Su manera de moverse tenía la agilidad y la elegancia de una gacela y la gracia de una bailarina. Me recordaba a una escultura de ébano que teníamos en el salón de mi casa y que papá había traído de Gabón en uno de sus viajes. El mismo color, la misma serenidad en la mirada, la misma gracia del gesto...

Después de desayunar, estaba yo sentado en el porche con mis acuarelas, intentando pintar la sombra de las nubes en el lago, cuando la vi acercarse. Fue entonces cuando me di cuenta de que cojeaba de la pierna derecha. Se sentó a mi lado; al parecer, mi cara había dejado de producirle risa, pero seguía sonriendo. Tenía la sonrisa y la expresión más dulce que había visto en mi vida. Estaba deslumbrado. Había algo magnético en ella; por algo era la hija de Henri, claro.

—¿Sabes? Tu padre me salvó la vida. Yo le quería mucho.

Aquéllas fueron las primeras palabras que me dirigió. Me quedé sin habla. Ella no sólo había conocido a papá, sino que además había tenido una relación muy especial con él. Allí mismo, sentada en la escalera del porche, me lo empezó a contar.

—Tu padre hablaba mucho de ti. Tú y yo tenemos la misma edad y cumplimos los años con cinco días de diferencia, tú el tres y yo el ocho de marzo. Así que él siempre me felicitaba por mi cumpleaños y me hacía regalos, eso desde que era pequeñita, dice mamá. A veces, cuando era chiquita, pero me acuerdo perfectamente, me sentaba en sus rodillas y me contaba cuentos; eran relatos muy diferentes a los que me contaban mamá o la abuela. Aquéllos se referían a princesas rubias de ojos claros que dormían cien años, a tristes sirenas enamoradas de príncipes... En fin, pertenecían a un mundo muy lejano y exótico, y yo me quedaba embobada escuchando y le pedía que me contara más.

»Él me miraba con melancolía y empezaba un nuevo cuento, mientras me acariciaba el tobillo. Yo sabía que cuando lo hacía era en ti en quien pensaba; era a ti a quien contaba aquellos cuentos, aunque tú estuvieras al otro lado del mundo. Siempre pensaba en ti; de alguna manera, mi presencia era tu presencia. Pero no me importaba. A mí me gustaba jugar ese papel, serle útil de ese modo. Le quería como a un padre, más... de otra manera que a Henri. Sé que él es mi padre, pero nunca se ha ocupado de mí de la manera en que lo hacía él; me da dinero y puedo comer en su casa, incluso me hace algún regalo, pero no le brillan los ojos cuando me mira, como le pasaba a tu padre; aunque le brillaran porque yo le recordaba a su hijo, o sea, a ti, que estabas tan lejos, yo sentía igualmente su calor. Ya entonces sabía que algún día te conocería y que te contaría todas estas cosas. Hoy estoy contenta porque estoy aquí sentada y estoy hablando con el hijo de Pablo, que es una parte de él, y así siento que no se ha ido del todo, porque tú y yo estamos aquí.

La escuché absorto, embobado. Papá nunca me había hablado de ella. Yo no sabía que existiera aquella chica. ¿Por qué nunca había oído hablar de Sandrine? Quizás papá creyó que yo podría tener celos de ella, pensar que quería a otra niña, a la que daba todo el cariño que a mí no me podía dar por estar tan lejos. Supuse y supongo ahora que aquellos temores fueron los que le impidieron hablarme de aquella persona, a la que no le importaba ser querida como sustituta de un niño desconocido, que estaba en una casa y en un colegio a miles de kilómetros de distancia. Tanta había sido su generosidad y su amor por mi padre.

—Mira, esto me lo regaló él. Me lo trajo de tu país.

Me mostraba una pulsera de plata de esas con cadena y una placa en la que se escribe el nombre. Estaba escrito «Sandrine» y una fecha, un ocho de marzo del año en que ambos cumplíamos los diez años. Tres años antes de la muerte de papá y cinco antes de aquel verano en que nos conocimos.

—Pero me has dicho que mi padre te salvó la vida. ¿Cómo fue? ¿Qué pasó? —le pregunté yo, que estaba intentando retener en mi cerebro toda la información que Sandrine me estaba dando acerca de papá.

—Sí, fue precisamente unos días después de que me regalara el brazalete. Era domingo y le gustaba mucho estar con los niños, así que nos llevó de excursión por el lago con la lancha motora. Íbamos Paul, David y yo, también Henri y mamá. Lo estábamos pasando muy bien, reíamos y cantábamos. En un momento dado, David y yo empezamos a bailar al son de las canciones. Todo pasó muy deprisa, la barca estaba parada en medio del lago, con el movimiento del baile se desequilibró y yo me caí al agua. Sabía nadar muy bien y todos siguieron riendo. Todos menos Pablo, que sabía bien de los peligros que hay escondidos bajo las aguas del lago. Sólo él me oyó gritar y sólo él se lanzó a salvarme. Me había herido la pierna un *moisoiron* y la sangre empezaba a atraer a muchos más peces. El *moisoiron* es un pez que tiene una horrible espina en el dorso y que es capaz de serrar una pierna y todo lo que se le ponga por delante. Tu padre nadaba muy deprisa y era fuerte, así que no sé cómo, pero me sacó del agua y me liberó de aquellos horribles pescados que habían empezado a destrozar mi pierna y que ya se habían comido parte de mi falda nueva. Dejó a los demás en la orilla, menos a mamá, llenó el depósito de gasolina y me llevó al hospital de Lambarené con la lancha. Entonces todavía no tenían la avioneta. ¡Ojalá nunca la hubieran comprado!... Tardamos dos horas y yo me desangraba; me hizo un torniquete con su camisa. En el hospital me operaron rápidamente. Hicieron lo que pudieron, pero el pez me había roto algunos tendones de la rodilla y aquello no tenía mucha solución. ¿Ves las cicatrices? —me mostró su pierna, escondida bajo su vestido azul y blanco—. Por eso cojeo, a veces uso bastón, cuando ando por caminos difíciles. Pero no importa, ¿a que me da un aire interesante? No a todas las chicas de la aldea les ha atacado uno de esos peces y han sobrevivido gracias a que el patrón ha arriesgado su propia vida para salvarlas, ¿no te parece? Soy afortunada: sobreviví al ataque de un *moisoiron* y tu padre me demostró que me quería más que a sí mismo, como sólo se puede querer a un hijo. Cuando me salvaba, de alguna manera te estaba salvando también a ti, ¿sabes? Verás, Benjamín, hay una especie de hilo que nos une a ti y a mí a través del amor de tu padre. Toma este anillo —me dijo mientras se quitaba una sortija de madera del anular derecho—, yo misma lo hice entonces pensando en ti y en que te lo daría cuando te conociera —me enseñó el interior, había una S y una B grabadas en la madera—. Sí, son nuestras iniciales, que grabé. De algún modo tú y yo somos uno. Tu padre me salvó la vida, pero es a ti a quien se la debo. Lo comprendes, ¿verdad?

Y entonces se levantó y se marchó por donde había venido. Y allí me quedé yo, solo, pensativo, con aquella sortija de madera de ébano en la mano, observando cómo la B y la S se habían unido gracias al trabajo de Sandrine, que pensaba en mí antes de conocerme y de cuya existencia yo no tenía ni idea.

La miré marcharse, su cojera todavía hacía más hermosa su figura y más elegante su caminar. Desapareció de mi vista cuando se introdujo en el bosquecillo que llevaba hasta la aldea. Me pareció que un espíritu del aire había estado hablando conmigo y me había dejado aquel regalo. Pero no, Sandrine no era aire, era una mujer de carne y hueso, sobre todo de carne. Confieso que me subió un escalofrío como los que me daban cuando veía a Almudena, pero más intenso. Deseaba volver a verla pronto. Por un lado me parecía que le era infiel a Almu, pero no podía evitar la extraña atracción que comenzaba a sentir por Sandrine. ¿Tan ligero era mi enamoramiento de Almudena? La verdad es que no había habido nada entre los dos, ni siquiera me había atrevido a decirle que me gustaba, y ya me sentía como comprometido con ella. Y ahora empezaba a pensar en otra chica, sin remisión. ¿Se podía estar enamorado de dos chicas a la vez? Me acordé de Henri, que tenía hijos con casi la mitad de las mujeres del pueblo. ¿Estaría enamorado de todas ellas?

Aquella noche soñé con Sandrine.

11

La cueva de Sandrine

Estuve tres días sin ver a Sandrine. ¿Dónde estaría? La buscaba en la cocina, en el bosquecillo por el que desapareció, incluso en casa de Lise. Pero ni rastro. Le pregunté a su madre por ella.

—¡Ah! ¿Quién sabe dónde estará? Desde el accidente se volvió una chica solitaria y enigmática. Pasa el día por ahí afuera después de ayudar a sus hermanos y organizar la casa. Yo no le veo el pelo hasta la noche. Es así todos los veranos cuando vuelve.

—¿Cuando vuelve? ¿De dónde? —me sorprendió el comentario, ¿acaso Sandrine no vivía permanentemente en la aldea?

—Del colegio. Es una chica lista. Estudia lejos, en Francia. ¿No te has dado cuenta de que habla francés sin acento africano, así como muy fino? Tu tío paga el internado y los viajes desde hace dos años. Sebastián está haciendo por Sandrine lo que pensaba hacer tu padre y que tantas veces nos decía: «Cuando sea mayor, la mandaremos a estudiar a Europa, ¿qué te parece, Lise?». Y a mí me parecía bien, especialmente después de lo de su pierna. Aquí los hombres quieren esposas fuertes que puedan trabajar duro con los animales y en el huerto. Sandrine no es tan fuerte y le sería difícil conseguir un buen hombre aquí. En cambio, con estudios puede encontrar a alguien en la ciudad o podrá ganarse la vida sola sin tener que depender de nadie que un día le pueda echar en cara su defecto y que la haga sentir inútil. Algunos hombres pueden ser muy crueles, ¿sabes?

—¿Hacerla sentir inútil? ¿A ella? Eso es imposible —respondí enérgicamente.

Me levanté de donde estaba y me salí al porche. Desde allí se veía el bosquecillo. Pensé pedirle permiso a Lise otra vez para ir a su casa, a ver si allí estaba Sandrine, pero no hizo falta. De pronto, y como si hubiera intuido que habíamos hablado de ella, apareció entre los árboles. Esta vez traía un bastón en la mano derecha que apenas apoyaba en el suelo. Se lo había hecho mi padre con madera del bosque, según supe después. Se fue acercando hacia mí. Llevaba el pelo de la misma manera que el primer día, pero se había cambiado de vestido. Ahora llevaba uno de color rojo con hilos dorados en el cuello y sin mangas. Estaba preciosa.

—Hola, Benjamín, ¿cómo estás? No te aburrirás por aquí. Siempre hay cosas que hacer o que contemplar. Espero que no seas de esos que necesitan ver la tele o jugar con el ordenador para poder pasar el día.

—Hola, Sandrine. No, no me aburro. Siempre hago algo, miro el paisaje, pinto, esculpo figuras con la madera o con los cocos, paseo, hablo con la gente. Es casi imposible que me aburra... ¡Qué bien hueles, Sandrine!

—¿Te lo parece? Es esencia de una flor amarilla que crece en la selva. No sé cómo se llama, pero da igual. Huele muy bien. La he destilado yo misma. ¿Te gusta? De mayor quiero ser perfumista. Con el colegio me llevaron a una fábrica de perfumes cerca de Toulouse, nos explicaron todo el proceso y a partir de aquel momento decidí que en el futuro viviría en París y que haría perfumes.

—También en Madrid podrías hacer perfumes.

No sé por qué lo dije, ni cómo se me pusieron en los labios esas palabras, pero lo dije. Acto seguido, me puse rojo como el vestido de Sandrine, pero si lo notó, no dijo nada. Además era discreta.

—¿En Madrid? Yo no sé hablar español. Me tendrías que enseñar. —Me miró con los ojos muy brillantes, o al menos a mí así me lo pareció. De pronto, me cogió de la mano, me hizo levantarme y me dijo—: De momento, soy yo quien te va a enseñar algo. Ponte las botas de agua y ven conmigo.

Por alguna razón no podía dejar de hacer lo que ella decía y la acompañé sin ni siquiera preguntar adónde íbamos.

—Lise, ha venido Sandrine, me voy con ella un rato —grité desde el porche mientras me quitaba las deportivas y me ponía las botas altas. Lise salió secándose las manos con un paño blanco.

—Ah, Sandrine, Benjamín preguntaba por ti hace un momento. Pasadlo bien y tened cuidado.

Me volví a poner rojo como un tomate. Ahora Sandrine ya sabía que yo había estado pensando en ella y que incluso había formado parte de una conversación entre su madre y yo.

Enseguida supe por qué había traído su bastón. Entramos en el bosquecillo, pero pronto salimos de él para bordear parte del lago y vadearlo por uno de los arroyos que a él llegaban. Entramos en plena selva, en una zona desconocida para mí. La tierra estaba muy húmeda y se hundía bajo nuestros pies, especialmente bajo mis pesadas botas. Sandrine se ayudaba del bastón para caminar mejor. No decía nada. ¿Qué sería aquello que me iba a enseñar? Todo estaba bastante oscuro. La maleza no dejaba entrar la luz apenas y no se veía casi nada. Si hubiera habido algún animal escondido y acechante no lo hubiéramos ni visto. Aunque seguro que Sandrine lo habría al menos oído. Me seguía llevando de la mano como a un colegial y se volvía de vez en cuando a mirarme, siempre con su ancha sonrisa abierta y centelleantes sus dientes y sus ojos. Poco a poco se iba oyendo más fuerte un extraño ruido como el de un trueno continuado, cada vez más intenso. Nos acercábamos a algo, pero ¿a qué? Por fin lo vi, era una enorme cascada. El agua caía con tanta fuerza y velocidad que provocaba aquel rumor que tapaba incluso el gorjeo de los pájaros que nos habían ido siguiendo desde la casa.

—Ya hemos llegado —dijo Sandrine—, éste es mi escondite secreto. Mi cueva.

Detrás del torrente de agua había una gruta secreta. No había modo de verla desde fuera. ¡Así que ése era el lugar en el que Sandrine se perdía cuando su madre no sabía dónde andaba!

Dentro estaba muy oscuro, allí no entraba ningún rayo de luz. Sandrine cogió un palo corto y lo embadurnó con hierbas mezcladas con estiércol, luego sacó del bolsillo una caja de cerillas, encendió una y prendió la artesanal antorcha que acababa de hacer y que iluminó nuestro camino hacia la cueva. Pasamos por detrás de la caída de agua y entramos. La gruta tendría poco más de dos metros de altura y unos diez o doce de profundidad, al menos eso era lo que podía alcanzar la vista a la luz de la tea. Con ella encendió Sandrine otras tres que tenía colgadas por las paredes, y la cueva quedó totalmente iluminada. ¿Qué había allí? Mis ojos empezaron a ver estanterías llenas de frascos y de botellitas con líquidos de todos los colores imaginables. También había libros, libros en francés y en español, que Sandrine no entendía, una foto de mi padre con ella en brazos, ambos sonriendo a la cámara; también una foto mía de comunión, como la que había en el cuarto de papá donde yo dormía; una pipa europea que en nada se parecía a la de Henri y que me trajo lejanos recuerdos de mi padre, no sabía exactamente por qué; también había sacos por el suelo llenos de pétalos de flores y de hojas de plantas.

Del interior de la cueva emanaba un extraño olor: se mezclaba el olor a humedad con el del estiércol seco de las antorchas y con otros muchos aromas; encerrados en las botellas de colores estaban los perfumes que Sandrine preparaba con aquellas flores que recogía en la selva y en los campos. La mezcla aromática era rara, pero agradable.

Sandrine fue abriendo las botellas una a una y me fue describiendo las diferentes esencias que había conseguido. Después tenía que investigar y mezclar aromas para llegar a fabricar los perfumes.

—Huele ésta —y me abrió una vieja botella de cerveza que contenía un elixir de color azul turquesa—. Es la que me he puesto hoy antes de ir a tu casa, la he mezclado con esta otra. Y no estaba mal, ¿verdad?

Sandrine estaba siempre, o al menos lo parecía, muy segura de sí misma, se sentía satisfecha con sus acciones o al menos así lo hacía entender a los demás.

—Cuando estoy en Gabón, después de ayudar en casa, suelo venir hacia aquí por el camino por el que hemos venido, recojo flores, plantas, raíces, y experimento. Algunas veces el resultado es desastroso y no se puede entrar en la cueva durante varios días, porque, ¿sabes?, hay flores que apestan; huele ésta y verás —me acercó un frasco que al abrirlo echaba para atrás, incluso sin aspirar el olor—. Asqueroso, ¿verdad? Pues la flor de la que viene es bellísima, pero encierra este pestilente olor. También hay que tener cuidado con las plantas venenosas. Por eso tengo libros que hablan de ellas, y también Henri me ha enseñado sobre las hierbas que no debo coger nunca, por muy buena pinta que tengan. Como ves, también aquí está tu padre. Esta foto nos la hizo Sebastián unos días antes del accidente. Llevaba barba, se la había dejado para bromear con su hermano; quizás tú nunca lo viste con barba, dijo que era la primera vez que se la dejaba. Tu tío reveló el carrete cuando Pablo ya estaba muerto. ¿Sabes?, lloré mucho cuando Sebastián me dio la fotografía, más que cuando supe lo que había pasado. La impresión, el dolor o lo que fuera, no me dejó llorar durante varios días. ¿Te pasó a ti lo mismo?

No contesté. Sólo la miré y, con un impulso salido de no sé dónde, le acaricié la mejilla. Retiró rápidamente su cara y me siguió mostrando más y más frascos. Encima de una mesa hecha con cajas de bebidas que había cogido de la cocina de casa, tenía un espejo y varias cazuelas donde destilaba las hierbas. Bajo la luz de las antorchas, aquel escondite parecía una mezcla entre la cueva de Alibabá y la de alguna brujilla medieval, cuyo tesoro eran los colores de los frascos y los olores que de ellos emanaban. Ah, y su propietaria, que era el mayor tesoro de la cueva y de todo lo que yo conocía. ¿Incluida la escuela y Almudena? No me atreví a pensar en Almudena allí, sentí que si lo hacía profanaba algo sagrado, aunque no sabía muy bien el qué: si atentaba contra lo que hasta entonces creía que era mi amor por Almudena o contra mi fascinación por Sandrine; o quizás contra mi fascinación por Almudena o contra mi amor por Sandrine. En fin, que estaba hecho un lío más gordo que los árboles gigantes de aquel bosque. Tanto follón tenía en mi cabeza que no me di cuenta de que algo se me estaba acercando peligrosamente a un pie.

—Benjamín —dijo Sandrine dejando de mirar uno de los frascos para mirar algo tan poco atractivo como la bota que me cubría el pie—, no te muevas. Quédate ahí quietecito, ¿vale? No digas nada, no hables —ella lo hacía en un susurro. Cogió muy lentamente una de las antorchas que estaba a la altura de su mano y con un movimiento rápido me atizó con ella en la bota. Yo no entendía nada. En un segundo de lucidez pensé que podía ser un acto de brujería, pero no.

—Pero, ¿qué haces? —le pregunté al ver fuego en mis pantalones de marca, que se habían chamuscado.

—Nada, tenías una víbora encima de la bota, a punto de meterse entre el pantalón y el calcetín; casi seguro que habría llegado donde desaparece tu calcetín y sólo tienes carne. Te habría dado un mordisco pequeño, pero habrías gritado tanto que nos habrían oído desde la casa.

La miré con grandes ojos. Intuyó mi pregunta, como solía hacer Sebastián, y antes de que yo preguntara me contestó:

—Sí, sí, claro que era venenosa. Casi todas las víboras lo son, especialmente estas pequeñas de río, por eso hay que espantarlas con fuego. Ya no volverá por aquí, al menos de momento.

—Pero, ¿y si me llega a morder? ¿Y cuando estás tú aquí sola? ¿No te da miedo que te muerda alguna mientras tú estás entretenida con tus perfumes?

—Benja, guapo, esto es la selva, y en la selva hay que estar al acecho constantemente, dentro y fuera de las cuevas o de las casas. Una serpiente puede estar en cualquier sitio. —Debí poner tal cara de susto que intentó tranquilizarme—. Pero no te preocupes, hombre, si me muerde una cuando estoy aquí sola, o si te hubiera mordido a ti, hay solución. Mira este frasquito: es un antídoto contra las picaduras de víboras. Se inyecta rápidamente con esta jeringuilla y ya está. No pasa nada. Me lo dio tu padre.

Miré cuidadosamente el frasquito. Recordé que mamá tenía obsesión por las fechas de caducidad. Me entró un escalofrío. ¡Hacía año y medio que el antídoto estaba caducado!

—Sandrine, está pasado, caducado. No habría servido de nada. ¡Me habría muerto!

Lo miró detenidamente, leyó los números y dijo:

—Vaya, es verdad. Bueno, habríamos gritado y alguien habría venido. Teníamos suficiente tiempo incluso para ir a casa e inyectarte otro. No pasa nada, Benjamín. Esto es la jungla y hay serpientes. Además, mira, estas hierbas tienen el mismo poder contra las mordeduras, me las dio Henri y no están caducadas... Son más lentas, pero funcionan. Así que tranquilo, no pasa nada.

Parecía que para Sandrine nunca pasaba nada. Estaba demasiado acostumbrada a vivir situaciones límite, y el peligro le parecía algo cotidiano y natural. Yo estaba, en cambio, habituado a una vida demasiado segura y fácil, y cualquier detalle insignificante me parecía un mundo. ¿O no eran detalles tan insignificantes?

Volvimos hacia la casa; iba medio mareado y ella se reía un poco de mí. Creo que lo hacía para quitarle importancia al incidente, pero seguramente también estaba un poco asustada. De hecho, en cuanto vio a Sebastián, que ya había vuelto del trabajo, le mostró el viejo frasco y le dijo:

—Sebastián, necesito un frasquito como éste, pero nuevo. Mira, está caducado desde hace tiempo.

—Mmm. Menos mal que no lo habéis tenido que usar —nos miró con un cierto aire de sospecha en los ojos—. Ven, entra, en el despacho hay varios, te daré uno y lo guardas en el bolsillo por si acaso. Pero mira bien por dónde pisas. Y tú, Benjamín, los ojos siempre bien abiertos. Hay muchas víboras venenosas en las zonas húmedas, son pequeñas y casi no se ven. Lleva siempre un bastón cuando vayas por allí, y el antídoto en el bolsillo, por si acaso. Pero será mejor que no vayáis por esa parte del bosque, es peligrosa, oscura, y aunque gritéis no se os puede oír desde aquí.

O sea, que habíamos estado en real peligro. Me tuve que sentar para no caerme del susto.

12

Una historia de amor de Sebastián

Pasaron tres días sin ver a Sandrine. Para colmo, mi tío tenía mucho trabajo y de ir a las Montañas de Cristal a buscar el medallón no quería ni oír hablar. Así que estaba de muy mal humor y decidí escribirle a Almudena para contarle cosas sobre mi vida en África. Por supuesto, sin mencionar a Sandrine. Estaba enfrascado en el ordenador, cuando entró mi tío.

—¿Qué, otra vez mandando un emilio a tu Almudena? —me preguntó Sebastián, con un cierto toque de ironía mal disimulada. Con lo del emilio se refería a un e-mail, claro; él los llamaba de esa manera. Decía que le recordaba a un antiguo profesor suyo de matemáticas que se llamaba así y que decía que en el futuro las computadoras harían maravillas.

—Sí, tío. Ya le he mandado un montón de mensajes, pero ella sólo me ha enviado uno para decirme que por fin se iba de vacaciones a los Pirineos en vez de a la playa. Me temo que no le gusto demasiado, si no me escribiría más. En fin, al menos, eso tenemos ahora en común: ambos estamos cerca de una montaña. En éste le digo que pronto empezaremos nuestra expedición para recuperar el medallón.

—Te gusta mucho Almudena, ¿eh? —inquirió con una curiosidad que yo no sabía si era cariñosa o sarcástica—. ¿Y Sandrine? ¿Qué me dices de Sandrine? Es guapa, ¿eh?

—Jo, sí, Sandrine es preciosa y tiene algo muy especial; es como un imán que te atrae hacia ella sin remedio. Es magnética. Me gusta mucho, quizás demasiado, pienso en ella a todas horas, bueno a casi todas, porque también está Almudena, que me gusta un montón. Lo malo es que no soy el único. A todos los chicos de la clase les va Almu. Es guapilla, simpática, ayuda con los problemas de física, no comete faltas de ortografía, salta más y corre más que muchos de los chicos... En fin, tío, que es perfecta.

—Nadie es perfecto. Ni siquiera tu Almudena. Seguro que se cree maravillosa, con todas esas cualidades de que hablas.

Seguí notando ese tono irónico con que Sebastián decoraba alguno de sus comentarios. Y no me gustó su manera de hablar de Almudena, aunque yo estuviera empezando a estar colado por Sandrine. Era como cuando alguien me llamaba pequeño. Así que le dije sin morderme la lengua y muy enfadado:

—¿Qué? Eso lo dices porque en realidad tú nunca has estado enamorado, ni siquiera de aquella chica de tu colegio. Por eso te refugias en la selva, con los animales y el trabajo, porque en el fondo no eres capaz de querer a nadie. Sólo te quieres a ti mismo; eso dice mamá, y ahora veo que tiene razón. Eres un egoísta, y por eso no puedes entender mis sentimientos por Almudena o por Sandrine. —Estaba hecho un lío, enfadado e irritado conmigo y con mi tío. Desconecté el ordenador y el mensaje se quedó sin mandar.

Sebastián se quedó callado. Lise, que entraba en aquel momento a preguntar si podía servir la cena, se quedó muda en la puerta. Yo me había enfrentado al patrón, un pequeñajo estúpido había sido capaz de juzgar y de gritar a Sebastián. Aquello no era natural, y Lise se había quedado de piedra.

Sebastián me miró con tal dureza primero, que pensé que me iba a soltar la bofetada que sin duda habría merecido. Luego se dio la vuelta y salió de la habitación con las manos enlazadas detrás de la espalda y con paso firme, pero melancólico. Cuando llegó a la puerta, se giró, volvió a mirarme, mientras su medallón se movía de un lado a otro de su pecho peludo. Ya sin cólera, y con los ojos entristecidos, me dijo:

—Benjamín, lo tuyo por Almudena seguro que es muy bonito. Está bien estar enamorado. Yo lo estuve una vez, ya te lo conté. Pero aquello no funcionó. En cualquier caso, entiende bien esto: la selva no tiene la culpa, ni yo me refugio en ella. La selva es grande y el amor también. Sólo que a veces no son compatibles dos cosas tan grandes.

En aquellos momentos no entendí muy bien lo que quiso decir Sebastián. Tan sorprendido estaba de que no estuviera enfadado después de mi tonta salida de tono, que no podía profundizar en el sentido verdadero de sus palabras. Pero no tardaría en enterarme de la misteriosa historia de amor de Sebastián. Por supuesto que él era capaz de querer. A mí me quería, y mucho, y a Henri. ¿Por qué no iba a poder amar a una mujer?

Aún no sé cómo fui capaz de decirle todas aquellas barbaridades a mi tío, que día a día me demostraba su calor y amistad. Y que incluso iba a organizar una peligrosa expedición para concederme el deseo de recuperar el medallón de mi padre. Reconozco que fui un bruto, pero no me gustaba la ironía con la que me hablaba de Almu, quien hasta entonces me había gustado más que comer patatas fritas en una hamburguesería. Era la primera chica que me había hecho caso, muy poco caso, eso sí, pero yo todavía estaba medio embobado con ella. (La otra mitad de mí estaba embobado con Sandrine, claro...) Por esa razón no soportaba las sonrisitas y el tono de Sebastián. No comprendía que debajo de aquella armadura satírica ante todo lo que le oliera a historia de amor se escondían heridas profundas y aún no del todo cicatrizadas. A alguien había amado, y mucho, Sebastián. Por alguien había apostado fuerte y había perdido. Pero, ¿por quién? ¿Qué había pasado para que él estuviera tan resentido y tan reacio ante el amor?

Cuando Lise volvió con la sopera y vio que Sebastián no estaba en el comedor, preguntó:

—¿No cenará tu tío contigo hoy?

—No, Lise. Se ha enfadado. Tú oíste lo que pasó, ¿verdad?

—No me quedó más remedio. Entraba en ese momento. Pero hubiera preferido no haberlo oído. No está bien que un chico como tú hable de esa manera a su tío. Él se merece tu respeto, es un hombre mayor que tú y tiene tu misma sangre; sólo por eso le debes respeto. Sin contar que, además, estás en su casa y te da de comer. Por no mencionar que un día de éstos te llevará a cumplir tu capricho de subir la montaña.

Lise tenía razón. Yo me había pasado y quería pedirle perdón a Sebastián, pero me daba vergüenza dar mi brazo a torcer. Mi orgullo también estaba herido. Él se había metido con Almudena, y aquello no había estado bien. Pero, ¿cómo se sentiría él en aquellos momentos, después de lo que yo había soltado por mi boca?

—Deberías disculparte y pedirle que se siente a cenar contigo, Benjamín. Estos días son importantes para ambos. No debes dejar que se vaya a la cama sumido en la tristeza por haber discutido contigo, precisamente contigo, el hijo de su hermano muerto en el lugar hacia el que vais a ir pronto. No está bien, traería mala suerte, estoy segura. Además, Sebastián te perdonará enseguida. Tiene un corazón noble. Pero debes aprender a no herirle. ¿Sabes? Los animales de la selva, cuando están heridos, huyen o atacan. Tu tío es de los que huyen porque no quiere que nadie le vea mal. A veces no nos damos cuenta, pero nuestras palabras pueden hacer mucho daño a los demás, y si esos demás son gente a la que queremos, nos hacemos daño también a nosotros mismos. Así que esas palabras acaban no beneficiando a nadie. ¡Cuánto te queda por aprender, pequeño!

Así terminó Lise de hablar, y aquella vez no me importó que alguien me llamara pequeño. Realmente me había comportado como un crío que devuelve la pelota sin pararla para lanzarla en la dirección correcta. Me había metido un gol en propia puerta. Al intentar dañar a Sebastián, me había lastimado también yo, y ahora los dos estábamos hechos polvo. ¿Cómo podía remediarlo?

—¿No crees que estará muy enfadado conmigo? —le pregunté a aquella mujer tan sabia que era nuestra cocinera.

—Motivos tiene, pero no es rencoroso. Y te quiere. Ve y habla con él —me dijo mientras me empujaba con su sonrisa hacia la puerta por la que había salido Sebastián.

Me levanté para salir al porche. Allí estaba mi tío en el balancín, mirando el sol que se ponía rojo en el horizonte, sobre el lago y sobre los árboles. Era un hermoso atardecer, como todos los que viví en África aquel verano.

—Tío, ¿puedo sentarme contigo?

No contestó con palabras. Sólo me miró y me sonrió, de esa manera como sólo él podía sonreír. Me senté junto a él. Sus ojos estaban humedecidos, nunca supe si por haber mirado fijamente al sol o si por haber estado recordando algo que había hecho que le saliesen lágrimas. Con él nunca llegaba a saberse todo lo que pensaba.

—He sido un imbécil, tío. Perdóname, por favor. No quiero que nada me aleje de ti. Ni siquiera tu opinión sobre Almudena.

Me rodeó con su brazo y me atrajo hacia él, abrazándome con fuerza y apoyando su cabeza en la mía.

—No hay nada que perdonar. Seguramente tienes razón. Aquí me tienes, un hombre fuerte, con éxito, respetado; lo que se dice un ganador. Un ganador que no ha sido capaz de retener a su lado a la única mujer a la que ha querido. ¿Sabes? Ella estuvo aquí, sentada en el mismo lugar en el que ahora estás tú. La traje para que conociera esto, para que experimentara lo que era mi vida. Al principio quedó fascinada, como tú, por la belleza del bosque, por los atardeceres rojos como éste, por los sonidos de la selva. Pero luego empezó a parecerle que todos los días eran demasiado iguales. Estaba acostumbrada al bullicio de la gran ciudad. No pudo soportar el silencio y la música natural de África. Un día me pidió que la llevara a Libreville; cogió su maleta, se marchó y no regresó jamás. Hace ya quince años de aquello.

—¿Y no has sabido nada de ella desde entonces? —le pregunté.

—Claro que sí, ¿no te acuerdas del jarabe de rosas? Lo hace ella. Nos vemos una o dos veces al año, y cada vez ella me regala una botella de ese mágico elixir. Cuando lo bebo, es como tenerla cerca. Pero entre nosotros sólo queda amistad. Otra cosa fue imposible. Ya te lo conté. La selva y el amor no han sido compatibles en mi vida.

—¿La sigues queriendo, Sebastián? —me atreví a decirle.

Me miró con sus grandes ojos todavía humedecidos. Y me contestó con su silencio. Pero yo entendí, de enamorado a enamorado, que todavía la amaba; y deseé que algún día aquella mujer volviera para recuperar la parte que de ella, seguro, había quedado en África. Nadie podía quedarse indiferente después de haber experimentado una parte, aunque fuera pequeña, de la vida en el continente. Eres una persona cuando llegas y otra muy distinta cuando te vas. Eso me pasó a mí, y estaba seguro de que lo mismo le había ocurrido a ella.

—¿Cómo se llama? —pregunté curioso. Necesitaba darle un nombre a esa mujer en la que un hombre como mi tío seguía pensando después de tantos años.

—Ángela, que quiere decir «la mensajera de Dios», ¿lo sabías?

Le dije que no lo sabía, pero le mentí. Me lo habían enseñado en la escuela. Pero en boca de Sebastián era como algo nuevo; y a mí me gustaba que él me enseñara cosas. Incluso lo que ya conocía, enseñado por él se convertía en algo completamente inédito. Era como mi vida, que en su compañía yo aprendía a ver con otros ojos; como el recuerdo de mi padre y como aquella puesta de sol en aquella tarde en que supe que Sebastián todavía seguía enamorado de Ángela, fuera quien fuera quien se escondía detrás de aquel nombre.

Le miré y vi su medallón, que asomaba por encima de su camisa abierta. Pensaba tanto en Sandrine que en los últimos días el medallón había pasado a un segundo plano. Aquella discusión me lo había devuelto al pensamiento de tal manera que sentía que debía encontrarlo pronto.

—Tío, me llevarás a rescatar el medallón de papá, ¿verdad?

—Sí, Benjamín, dentro de unos días subiremos a las Montañas de Cristal.

—¿Me lo prometes?

—No, nada de promesas. Ya te lo dije. Pero iremos. Te lo aseguro.

13

El trabajo de Sebastián

Como mamá no hablaba mucho de las actividades de mi tío ni del abuelo, pues la verdad es que yo no sabía muy bien a qué se dedicaban. Sabía que el abuelo tenía dinero, pasión por los coches y un par de casas, además de varios negocios. También sabía que su patrimonio provenía de África, que todo su capital había comenzado allí y que tenía que ver con las maderas, pero desconocía cuál era exactamente el trabajo que proporcionaba el dinero del que mamá y yo también nos aprovechábamos, aunque a mamá le costase mucho reconocerlo. Lo supe unos diez días después de llegar a Gabón.

Sebastián me despertó una mañana de mis sueños y me dijo:

—Hala, Benjamín, súbete al todoterreno, que vamos a trabajar.

—¿A trabajar? Tío, que estoy de vacaciones. No me hagas madrugar, que tengo sueño.

—Vamos, no me seas perezoso, hoy vas a venir conmigo. Te voy a enseñar algo que te gustará.

—¿No podemos ir más tarde? Casi es de noche, mira la ventana. Déjame dormir un poco más —me hacía el remolón todas las mañanas; también en casa mi madre tenía que insistir para que me levantara. En África, el calor todavía me daba más sueño, así que levantarme temprano me parecía una tarea ardua y terrible.

—No podemos ir más tarde. Venga, levanta. Henri nos espera en el coche.

Ese día no me dio tiempo de tomarme los maravillosos desayunos de Lise, así que me bebí un vaso de leche, me tomé un par de frutas y un trozo de pan, me lavé los dientes y, hala, al auto a ver qué me esperaba.

Entramos en la selva por una carretera sin asfaltar mientras iba amaneciendo. La verdad es que allí no había ninguna carretera asfaltada. Era un camino de tierra limitado por los árboles. El coche pegaba unos saltos que me hacía dar tales botes que pensé que mi cabeza iba a pegar con el techo e iba a agujerearlo. Henri conducía sin carné. Ninguno de los hombres tenía licencia para conducir salvo mi tío, pero lo hacían. Parecía que en cualquier momento podíamos volcar. Yo iba sentado en el asiento de atrás y me agarraba con manos y pies al de delante. Aun con todo, mi cuerpo danzaba dentro del auto como el desayuno lo debía estar haciendo dentro de mi sufrido estómago; ambos, cuerpo y comida, amenazábamos con salir, por alguna ventanilla el uno, por donde había entrado la otra.

Después de media hora de saltos y bailes, y sin oír una palabra de lo que, a juzgar por el movimiento de sus labios, iban hablando Sebastián y Henri, llegamos a nuestro destino. Por fin conocería el origen de la fortuna familiar y, lo que era más importante, el lugar donde trabajaba mi tío y donde había trabajado mi padre.

Bajamos del coche y nos adentramos en el bosque durante diez minutos. Había un sendero que se abría entre los árboles, y por él fuimos caminando. Poco a poco fuimos oyendo voces que iban subiendo de volumen a medida que nos íbamos acercando. Al fin, la maleza hizo un claro y divisamos a algunos hombres.

—Ya ves, Benja, llegamos tarde. Todos han llegado antes que nosotros. Hay que madrugar más —dijo mi tío. Él era el patrón y debía dar ejemplo de puntualidad, y aquel día no lo había conseguido por culpa de mi pereza.

—Buenos días, patrón.

—Buenos días, señor.

—Hola, Sebastián.

Todos los hombres fueron saludando. Mi tío me los presentó. A algunos los tenía vistos del poblado y de la casa. A otros no. Allí estaban Pierre, Pascal, Roland y Marcel. Luego llegarían Antoine, Charles y Ricard. Todos me sonrieron y se mostraron muy amables conmigo. Era el hijo de Pablo, al que habían querido y admirado. Eso era suficiente para que les cayera simpático. Me dieron la mano casi todos, pero Pascal y Marcel me abrazaron. Ellos habían tenido, según supe después, una relación muy especial con papá. Tenían más o menos su misma edad y, cuando mi padre llegó de niño, habían jugado juntos. Desde entonces, habían sido muy amigos y, aunque uno era el jefe y los otros trabajaban para él, su relación era de una sincera amistad. Lo mismo pasaba con Sebastián. Era el patrón, pero enseguida noté que los unían unos lazos de lealtad y de respeto mutuos que me emocionaron.

Pascal me fue explicando en qué consistía el trabajo: cortaban árboles para exportar a Europa. Una de las mayores riquezas de Gabón es su madera, y mi familia poseía una explotación forestal en el corazón de su selva. Mi abuelo había conseguido hacía años un permiso especial para la tala de árboles en aquella zona. El trabajo se llevaba a cabo de una manera muy rigurosa. No se talaba de forma indiscriminada, como yo había visto en algunos documentales de televisión que se hace en muchos lugares de África y de América. Allí, según me explicaba Pascal, se seleccionaban cuidadosamente los árboles que iban a ser cortados, uno cada muchos metros cuadrados; luego se estudiaba la trayectoria que iba a seguir su caída para evitar que con ella destrozara a otros árboles; después se procedía a la tala; más tarde se limpiaba el terreno y se quitaban las raíces para luego poder plantar un arbolillo que crecería en el mismo lugar del árbol cortado. De esa manera, no se producía la deforestación que tan peligrosa es para el medio ambiente de todo el mundo. El abuelo me había contado esto meses atrás, pero yo no me lo acababa de creer. Pensaba que era una manera de justificar su negocio. Pero no. Lo pude comprobar sobre el terreno. Me quedé muy satisfecho y orgulloso de mi familia, al saber que respetaba la naturaleza tanto como era posible. De hecho, y según me explicó mi tío, nuestra explotación había obtenido varios reconocimientos oficiales del gobierno gabonés por ser la más respetuosa con el bosque.

—Mira, Benjamín —me dijo mi tío—, ¿sabrías reconocer qué madera sale de este árbol?

Me enseñaba un tronco ya cortado, que mostraba una corteza completamente blanca y brillante.

—Pues, no sé, tío. No tengo ni idea. Así, una madera tan blanca... Lo que seguro que no es, es ébano, ¿no?, que es completamente negro.

—Respuesta incorrecta, sobrino. Lo que seguro que sí es, es ébano —contestó—. A que nunca lo habrías adivinado, ¿eh?

—Pero si el ébano es negro, ¿me tomas el pelo? —le repliqué.

—Cierto, la madera de ébano es negra como el azabache de las minas de Asturias, pero la corteza del árbol es blanca. Mira —y empezó con su machete a rasparla hasta que apareció debajo de la madera blanca un brillo oscuro—. Ahí tienes el ébano, escondido bajo este manto. ¿Quién lo iba a decir? Siempre me he preguntado qué pensarían los primeros hombres que encontraran este tesoro debajo de una corteza tan poco atractiva.

—Es alucinante, tío. Parece que todo el tronco tuviera que tener una madera blanca, y luego sale tan negra, y tan dura. Qué extraño. Parece una cosa y luego resulta que es todo lo contrario.

—Parece una cosa y luego resulta que es todo lo contrario —repitió Sebastián—. Eso pasa con muchas cosas en la vida, Benjamín; casi nada es lo que parece. Ni siquiera tú eres lo que pareces.

—¿Que yo no soy lo que parezco? ¿Qué quieres decir con eso? —le pregunté.

—Pues que nunca llegamos a conocernos bien. Tenemos una idea de nosotros mismos y vivimos con ella, hasta que un día, de pronto, nos damos cuenta de que estábamos equivocados y de que no éramos aquella persona que creíamos ser.

—¡Ay, tío! Cuando te pones tan filosófico, no te entiendo. Yo sé quién soy y qué quiero. Claro que me conozco.

—No, Benja, sabes quién eres ahora, en este instante, pero no sabes quién serás dentro de un minuto. No sabes cómo te comportarás dentro de una semana. No sabes nada de nada.

—Pero, tío...

—Nada de nada. Mira estos árboles que nos rodean. Son grandes, ¿eh? ¿Habías visto, habías imaginado siquiera lo grande que un árbol podía llegar a ser? No, ¿verdad? Pues ya ves, ni entre Pascal, Henri, Marcel, tú y yo podríamos rodear éste —y me señaló un moaví que estaba a nuestro lado y que era uno de esos árboles gigantes, parecidos a los secoyas que yo había estudiado en la escuela—. Los árboles son grandes. El bosque es grande: aunque cortemos algunos de sus árboles, el bosque siempre estará ahí, siempre será bosque. Pero nosotros ahora somos de una manera, pero luego seremos de otra. Los humanos cambiamos y no somos siempre como parecemos.

—Pero seguiremos siendo humanos, aunque cambiemos, tío.

—Sí, Benjamín, pero no seremos el mismo ser humano siempre. No siempre somos el mismo. No siempre somos lo que parecemos, somos como el ébano.

La verdad es que mi tío se había ido a unos terrenos demasiado elevados para mis quince años, y no entendía muy bien lo que decía. No lo entendí en aquel momento, aunque sí que lo hice unos días después, cuando comprendí que había sido capaz de hacer algo que nunca habría ni siquiera imaginado.

—¡Árbol va! —gritó Roland, poco antes de que cayera uno de los árboles gigantes que estaba cortando junto con Marcel y Ricard.

Me pareció que temblaba la tierra cuando el gigante se desplomó a pocos metros de mis pies. Lo que hasta hacía poco se levantaba majestuoso, yacía ahora allí, inerte, esperando a ser recogido para ser trasladado y convertido en un mueble. Me acordé de lo que me contó mi tío en el taxi cuando íbamos desde mi casa de Madrid al aeropuerto. Recordé el episodio del leopardo que habían cazado él y papá, y del que se habían extraído las muelas que se habían convertido en los medallones, en el medallón que yo andaba buscando. Sebastián y mi padre habían sentido pena por el animal muerto, igual que yo sentía ahora una extraña compasión por el árbol yacente, que dentro de unos meses sería una mesa en alguna casa rica, igual que una parte del felino pendía del cuello de mi tío y la otra estaba en algún lugar de las Montañas de Cristal.

Henri me sacó de mi ensimismamiento.

—Rasparé un poco de esta madera para la ceremonia de mañana.

—¿Qué ceremonia? —pregunté yo.

—¡Ah! Sorpresa. Mañana te lo contaré. Ahora ayuda a los demás a atar ese otro tronco de ahí para cargarlo en el camión. Todas las manos son pocas.

Y ya lo creo que lo eran, se necesitaban más de quince hombres para mover aquel árbol, así que tuve que concentrar todas mis fuerzas en mis brazos y dejé de pensar en lo de antes. Ahora ya sólo pensaba en mis manos, a las que les estaban saliendo ampollas. Tan poco acostumbrado estaba yo a los trabajos manuales.

Me había quedado un poco mosca con eso de la ceremonia y de raspar la madera. ¿Sería alguna madera aromática que utilizarían como ambientador? No, no lo era. Al día siguiente me enteré. ¡Y bien que me enteré!

14

El bwiti

A la mañana siguiente, Henri no fue a trabajar a la explotación, y mi tío estuvo organizando el transporte de los árboles recién talados el día anterior. Los llevaban en barcazas por el lago hasta el río Ogooné y desde allí hasta el puerto. Después de desayunar me senté en el porche con mis acuarelas; enseguida recibí una visita inesperada: no era Sandrine, cuya visita estaba realmente deseando, sino su padre el que vino y me dijo:

—Benjamín, voy a recoger algunas plantas frescas para el *bwiti* de esta noche. ¿Quieres acompañarme? Te enseñaré algunos árboles sagrados y algunos sitios estupendos y frescos. Con el calor que hace hoy, allí dentro se tiene que estar bien.

Yo no sabía qué era aquello del *bwiti* y tampoco pregunté en aquel momento. Lo de los árboles sagrados me llamó suficientemente la atención como para decidir ir con él y adentrarme en la selva. En el colegio había estudiado algunas leyendas sobre árboles que escondían duendes o hadas, y siempre me habían llamado la atención esas creencias en los poderes sobrenaturales de algunos seres del bosque, aunque, por supuesto, no me las creía. Aquél era un buen momento para averiguar algo que poder contar a mis amigos.

Anduvimos una media hora, bordeando uno de los riachuelos que terminaban en el lago. Llegamos a una pequeña cascada que formaba con su caída una especie de balsa. El agua saltaba, transparente y limpia, entre las piedras. Cada salto era como una nota musical, y el río parecía que cantase una eterna y a la vez cambiante melodía. Me quité las botas y me metí en el agua. Quería estar debajo de la cascada. Hacía calor y quería sentir el chorro de agua encima de la cabeza.

—Éste es un lugar sagrado —me susurró Henri, cuando me vio las intenciones—. No podemos hablar en voz alta aquí. Y mucho menos se puede uno bañar en esta agua. No seas bruto. Podríamos molestar a los espíritus que habitan en el bosque y acabar mal, pero que muy mal.

Mi gozo en un pozo. Nada de baños en aquellas aguas. Luego pensé que, además, seguro que había peces u otros animales venenosos allí dentro, esperando morder mi pierna. Menos mal que Henri no me había dejado entrar en el agua. Si lo llega a hacer, no lo habría contado, y no precisamente a causa de los espíritus del bosque. Aunque confieso que, cuando oí hablar de ellos, se me puso la carne de gallina. ¿Aparecerían los fantasmas de los guerreros muertos por entre aquellos árboles? ¿O surgirían de entre las aguas del río, cubiertos de barro y musgo? Gracias al cielo que Henri era más prudente que su hija.

Afortunadamente, Henri debió de leer mis pensamientos y me tranquilizó:

—Hombre, no pongas esa cara. Un hijo de tu padre no puede tener miedo en la selva. Además, estás conmigo y nada malo puede sucederte a mi lado —bajó la voz todavía más para decirme—: Soy un iniciado.

—¿Qué es un iniciado? —pregunté yo. Aquélla era otra palabra nueva para mí.

—Un iniciado —me explicó— es una persona cuya alma está en armonía con el alma del bosque y con los espíritus de los antepasados. ¿Ves todo lo que nos rodea? La selva es grande, el cielo es grande, el río acaba en el lago o en el mar, que son grandes. ¿Y nosotros? Nosotros, los hombres, somos pequeños si nos comparamos con el mundo, que es grande. Por eso, para conseguir una parte de esa grandeza, necesitamos formar parte de ella, estar en armonía interior con el universo. Nuestro espíritu tiene que estar cerca del espíritu del bosque y así formar parte de él, del árbol, del mundo. Así los iniciados estamos en armonía con la naturaleza. ¿Lo entiendes, hijo?

La verdad es que no había entendido casi nada. Pero no me atreví a decirlo, claro.

—Más o menos —mentí—. Pero, dime, Henri, ¿todas las personas pueden ser eso que dices, iniciados?

—Bueno, bueno —fue diciendo mientras movía su cabeza de un lado a otro—; para ser un iniciado en esta sabiduría de la eternidad hay que ser una persona pura y valiente. Hay que limpiar bien el cuerpo y la mente de todo aquello que nos une sólo a lo humano, para así podernos juntar mejor con la naturaleza y con el espíritu universal.

—¿Y cómo se consigue eso? Yo me ducho todos los días. Mi cuerpo está limpio. Y mi mente no tiene malos pensamientos. No pienso ni en robar ni en matar. Entonces, es como si estuviera iniciado, ¿no?

—Ja, ja —se rió Henri sin contemplaciones—. No tiene nada que ver con lavar la piel con jabón perfumado como haces tú. Eso sólo se puede conseguir con el *bwiti.*

Volvió a salir de su boca aquella palabra misteriosa que por la mañana había oído en el poblado, sin saber a qué se referían y sin sentir ningún interés sobre ella, la verdad. Ahora todo era muy diferente. Es extraño cómo algo que no existe para nosotros, en un minuto se puede convertir en el centro de nuestra existencia y de nuestra curiosidad.

—¿Y qué es el *bwiti,* Henri?

—El *bwiti.* Bueno, no sé si debo o no contártelo. No sé qué diría el patrón si te lo cuento y se entera —dijo mientras miraba mi mirada expectante, que le debió convencer de que sí podía contármelo, porque prosiguió—. Bueno, verás, el *bwiti* es el rito a través del cual una persona normal puede convertirse en un iniciado. ¿Ves este árbol? —Henri me mostró un viejo ejemplar lleno de ramas retorcidas, de tronco nudoso y con unas raíces tan poderosas que se salían de la tierra—. Es el iboga, sus raíces contienen la madera sagrada que el candidato debe comer. Esta madera le purificará el cuerpo y así podrá empezar a entrar en armonía con el propio árbol y con el bosque.

¿Había que tragar madera para convertirse en iniciado? ¡Qué asco! ¡Me daban arcadas sólo con pensarlo! ¿Cómo podían hacer eso? Yo no me creía todo aquello de estar en armonía con la naturaleza por comer serrín. Era algo que escapaba a mi mentalidad europea, demasiado europea todavía, y a lo que había aprendido en las clases de física y química del instituto.

Mientras yo iba pensando con náuseas en lo que Henri me había dicho, sacó su machete y limó una pequeña parte de la raíz de aquel centenario árbol. La guardó en un saquete de tela que alguna vez había sido blanca y que reconocí como el mismo en que había metido la corteza que había raspado del árbol caído el día anterior. Luego se acercó a una planta de anchas hojas que crecía a la orilla del arroyo, junto al salto de agua donde yo había querido bañarme. Partió una de las hojas por la mitad y la guardó en la misma bolsa. Después repitió la operación en otros árboles de la misma especie que el primero.

—Cojo pequeños trozos de diferentes árboles para no molestar excesivamente a ninguno de ellos. Son sensibles —me sonrió mientras me lo decía. Luego cerró el saco lleno ya de madera sagrada y de plantas. Me rodeó los hombros con su poderoso aunque delgado brazo y comentó así como quien no quiere la cosa—: ¿Sabías que tu padre también fue un iniciado?

Me quedé con la boca abierta. Aquella afirmación lo cambiaba todo. Si mi padre se creía esas cosas, no eran tan absurdas como yo estaba pensando. ¿O es que todo el mundo se había vuelto loco? ¿Mi padre también había tragado madera? A él le gustaba la buena comida. No podía imaginármelo comiendo de aquella corteza que se convertiría en serrín. Tampoco entraba en mi lógica que papá creyese en todas aquellas cosas tan extrañas que me había relatado Henri. Estaba perplejo.

—Tu padre era un hombre curioso y sabio. Quería conocer nuestras costumbres a fondo. Deseaba que su espíritu entrase dentro del espíritu del bosque. Asistió a varias ceremonias del *bwiti* y participó en una de ellas. Llegó a comer la madera sagrada y cumplió con los ritos de la primera fase de la iniciación. Así que podemos decir que fue un iniciado. Ahora su alma está aquí, entre los árboles. Está en el aire que respiramos, en la brisa que nos traen todas las hojas que por aquí ves cuando se mueven.

Miré a mi alrededor, oí la voz de los ríos y el murmullo de las hojas con el viento a su través. En esos sonidos estaba la inolvidable sonrisa de mi padre, sin duda. Pero riéndose de la cara que yo estaba poniendo al escuchar todo aquello que en ese momento me estaba pareciendo disparatado. Entonces recordé que Henri había hablado sólo de la primera fase del *bwiti.* ¿Había más fases? ¿Se tenía que hacer algo más que comer madera? A mí aquello ya me parecía mucho, así que pregunté:

—¿Cuántas fases hay que pasar para ser un completo iniciado? ¿En qué consisten las demás? ¿Qué? ¿Hay que comer carne de serpiente venenosa o algo así?

Henri me sonrió mostrando sus blanquísimos dientes y me dijo con aire misterioso:

—Benjamín, no quieras saberlo todo. África tiene muchos secretos y algunos tienen que quedar guardados.

Tragué saliva y muchas cosas pasaron por mi mente, pero decidí no atreverme a dar rienda suelta a mi imaginación, por si acaso volaba hacia senderos demasiado secretos y demasiado peligrosos.

En silencio fuimos volviendo a la casa. Yo trataba de imaginarme el *bwiti,* al menos en su primera fase. De repente, y cuando divisamos al tío, que estaba intentando poner en marcha uno de los camiones que se había atascado en un barrizal, Henri me sorprendió con estas palabras:

—Anda, pregunta a Sebastián si puedes venir a la ceremonia de esta noche. Para un blanco la primera vez es siempre algo muy especial.

La verdad es que no sabía si me apetecía o no asistir a un *bwiti.* ¿Quién sabía lo que me podía esperar? Lo pensé durante unos pocos segundos y me decidí. Así que fui corriendo hacia mi tío, excitado y sudoroso, y sin ningún preámbulo le solté:

—Tío, tío, ¿puedo ir al buti de esta noche?

—¿Al buti? ¿Qué buti? ¿Qué es eso del buti? —preguntó, algo asombrado y mosqueado.

—Bueno, como se llame, el buti o el *bwiti,* como sea. Henri me ha dicho que esta noche hay una ceremonia para iniciar. Me he enterado de que papá fue un iniciado. Hemos cogido hierba y madera sagrada. ¿Puedo ir a verlo?

Supongo que el tono y el ritmo entrecortado de mi voz delataba mi curiosidad adolescente, pero también una especie de terror hacia lo desconocido.

Henri se iba acercando. Su ancha y brillante sonrisa se iba apagando a medida que veía la expresión en el rostro de Sebastián, al que no le había hecho ninguna gracia que Henri me hubiera narrado todo aquello. Mi tío le preguntó un poco enfadado:

—¿Por qué le has contado todo eso al chaval? Luego no dormirá. —Después se volvió hacia mí y siguió diciendo—: Te dará miedo, Benja. Tú no estás acostumbrado a esas cosas. Hace falta echarle un par de narices para asistir al *bwiti.* No es para un chico como tú. Esto no tiene nada que ver con las ceremonias en casa de tu madre, con té, pastitas y música suave. El *bwiti* es una experiencia fuerte y puede ser muy desagradable para un chico de tu edad. Te podrías orinar en los pantalones del susto.

Aquello me ofendió, ¿creía que me podía mear en los pantalones de miedo? Pero, ¿qué se creía el engreído de Sebastián? Yo era ya un hombre, y era valiente. Se lo estaba demostrando cada día en la selva. Además, me había dolido el tono irónico con el que habló de mi madre y de las fiestas que celebraba con sus amigas. Yo también las detestaba, pero no me gustaba oírlas en la boca de otros, ni siquiera de mi tío. Por supuesto, él era un hombre de acción y aquello le parecían tonterías, pero yo había vivido con ellas y, me gustase o no, formaban parte de mi vida, igual que para él el *bwiti* era parte de la suya. Así que le dije con la cara más seria que pude y poniéndome de puntillas para intentar acercarme a su altura:

—Oye, Sebastián, ya tengo quince años. Puedo ir a cualquier sitio sin asustarme como un niño pequeño. A mi edad tú ya habías realizado cosas que yo nunca haré. Así que no me trates como a un criajo de pecho. Y no te vuelvas a meter con mi madre.

—Yo no me he metido con tu madre, ¿vale? Pero creo que no irás a ver un *bwiti,* al menos todavía no. Además, si tu madre se entera de que te he dejado asistir a una ceremonia de iniciación sagrada, me odiará eternamente y no te dejará volver a África nunca más. Lo primero me importa poco, pero lo segundo no me gustaría en absoluto. ¿Puedes entenderlo?

En ese momento Henri, que había asistido a nuestra conversación como mudo testigo, habló. Y cuando Henri hablaba, su magnetismo hacía que los demás callaran, que hasta las piedras escuchasen y que todo el mundo reflexionara sobre sus palabras, incluido Sebastián.

—Muy bien, su madre está lejos. ¿Por qué habría de enterarse? Y recuerda, Sebastián, que tú tenías unos doce años y medio cuando viniste por primera vez a una de nuestras ceremonias. ¿O es que ha pasado tanto tiempo que se te ha olvidado?

Nos miramos, cómplices, los tres. Tras unos segundos en los que no sé qué pasaría por el cerebro de mi tío, nos echamos a reír. Bueno, la verdad es que yo fui el último en empezar a reírme. Primero fue Sebastián, que en el fondo estaba deseando mostrarme todo aquello que había sido importante para él y para su hermano. Luego fue Henri, que sabía que el *bwiti* me sorprendería y me gustaría. Y luego yo, que me creí esto que acabo de contar. Al día siguiente supe de qué se reían: sabían que, si me dejaban asistir una vez, ya nunca más querría volver a ninguna de esas ceremonias, y ni siquiera oír hablar de ellas. ¡Tan mal lo pasé!

El *bwiti* empezó al anochecer. Un grupo de hombres y mujeres vestidos de blanco y rojo se dieron cita en una de las cabañas más grandes del poblado; cuando entré me di cuenta de que era una especie de templo preparado ya para las ceremonias. Allí dentro se mezclaban cruces y cristos con imágenes de deidades africanas que presenciarían tan callados como yo todo lo que iba a suceder. Tres hombres tocaban un extraño instrumento musical: era alargado y estrecho, con tres cuerdas que hacían sonar mientras lo apretaban contra el pecho. Había dos mujeres y tres hombres que esperaban para ser iniciados durante aquella noche. Llevaban túnicas blancas y una especie de corona de hojas y flores alrededor de sus oscuros cabellos. El cuerpo, pintado de blanco con círculos rojos. El color rojo lo habían sacado de la sangre de un pobre gallo que habían sacrificado un rato antes y cuyos gritos yo había oído desde mi habitación.

La ceremonia dio comienzo. Unos hechiceros preparaban la madera sagrada mientras otros acercaban a los cincos candidatos antorchas encendidas, cuyas chispas quemaban su piel.

—Es un ritual sagrado —me explicó mi tío en voz muy baja, como en un susurro—. Los nativos, como en otras culturas ancestrales, consideran el fuego como un ser purificador. Ellos creen que así ayudan al iniciado a purificar su cuerpo y su alma.

Sebastián me acompañaba. Creo que estaba un poco asustado por mis potenciales reacciones ante lo que iba a pasar. Pero yo estaba muy tranquilo. Sobre todo, estaba muy seguro de que a su lado nada malo me podía pasar.

—¿Y si los queman? La antorcha pasa demasiado cerca de la piel. Y de los ojos —expuse todo asustado.

—No te preocupes. Lo tienen todo controlado. Llevan siglos haciéndolo. Conocen la distancia exacta. Pero ni tú ni yo seríamos capaces de hacerlo. Eso tenlo por seguro.

En cualquier caso, yo me alejé lo más que pude del fuego por si se escapaba alguna chispa. En las fiestas del pueblo de mamá, siempre que se escapaba algún cohete me daba a mí, y ya estaba escarmentado en lo tocante al fuego. Una vez, se me prendió la camisa y hasta se me hizo una herida en la barriga. Así que el fuego y yo estábamos reñidos. De todos modos, mi curiosidad podía más que mi miedo y prudencia, y seguí presenciando la ceremonia. Eso sí, agazapado en una esquina y esperando que no estuviera por allí Sandrine y que me pudiera ver con la actitud de tener miedo o algo parecido.

Después de lo de las teas encendidas, los aspirantes se hincaron de rodillas en tierra con las manos inmovilizadas detrás de la espalda. Entonces fue cuando vi a Henri con una túnica azul con ribetes dorados y un gorro cónico. Cuando me contó aquella misma mañana lo del *bwiti* no había mencionado que él fuera uno de los hechiceros principales de la zona, ni yo lo sospeché en ningún momento. Pero detrás de sus gafas rotas y de sus dientes de oro había todo un personaje que estaba sólo empezando a conocer. Los días siguientes me depararían más novedades con respecto a él. Pero en aquel momento me sorprendí de verlo con aquel atuendo, y de verlo hacer todo lo que vino después.

Tenía en sus manos un plátano que acababa de recoger de una bandeja en la que había muchos más y que le había servido una preciosa joven vestida de rojo con grandes pendientes dorados. El plátano estaba abierto, le habían quitado la carne y en su interior reconocí la corteza de la madera sagrada hecha serrín, mezclada con las hierbas que habíamos recogido por la mañana en el bosque. ¡Un plátano relleno de madera, con piel y todo! ¡Eso era lo que tenían que comer para purificar el cuerpo! En aquel momento pensé que yo nunca sería un iniciado.

Henri introdujo el plátano en la boca de una de las muchachas; lo fue tragando con asco. Al cabo de pocos segundos, empezó a vomitar. Y así fue ocurriendo con todos los demás: cinco vomitones seguidos cada diez minutos o menos. Luego se quedaban dormidos a causa de las hierbas que ingerían y que inducían al sueño; los volvían a despertar y, ¡hala!, más plátanos y a vomitar otra vez. Y así durante gran parte de la noche. Olía que apestaba.

Yo también vomité, y sin necesidad de plátano ni de madera sagrada, sólo por el olor y por simpatía con los iniciados. Mi tío permanecía sereno, me apretaba la frente cuando vomitaba y me decía de vez en cuando con cierto toque de ironía:

—Anda, valiente, esto es sólo el principio. Consuélate, los aspirantes lo están pasando peor.

—¿Tú has sido iniciado alguna vez, tío? —conseguí preguntarle entre arcada y arcada, a la vez que pensaba que nadie lo podía estar pasando peor que yo.

—Yo he visto muchas ceremonias de iniciación —me contestó Sebastián—. Las respeto mucho. Algunos de los que ves como iniciadores y como aspirantes son buenos amigos míos o trabajan conmigo. El *bwiti* forma parte de sus tradiciones, como forma parte de la nuestra cenar con la familia el día de Navidad, por ejemplo. Es algo sagrado. Pero ya ves, yo me limito a verlo desde esta distancia, un poco lejos, cuando me invitan. Por respeto y amistad, que son dos de las cualidades más hermosas que los humanos debemos tener unos con otros.

—Pero, ¿y papá? Él sí fue un iniciado, Henri me lo dijo.

—Sí, es cierto que mi hermano comió una vez la madera sagrada metida en el plátano. Yo lo presencié. Él quería meterse dentro de las tradiciones africanas, creía que así estaba más cerca de la gente y de su cultura. Quería ser uno más. Deseaba que su alma se fundiera con el alma del bosque y con el alma del mundo. Supongo que lo consiguió... a su manera.

—Erais muy distintos papá y tú, ¿verdad?

—Todos somos distintos e iguales a la vez, Benjamín. En el fondo, todas las personas perseguimos lo mismo: estar a gusto con nosotros mismos, con los demás y con todo lo que nos rodea, el bosque, los animales, el aire que respiramos, el mar... El mar también es siempre distinto y siempre es el mismo, como los hombres, como tu padre y yo. Los dos buscábamos la felicidad, igual que tú buscas el medallón. Él lo hacía de una manera más espiritual, mediante los ritos y las creencias de Henri sobre el alma del mundo. Yo intento hacerlo de un modo más práctico, a través de hablar con la gente, de pasear por el bosque cuando tengo tiempo, de contemplar esos atardeceres que a ti también te han fascinado; en fin, procuro hacer todo aquello que me produce placer. Y te puedo asegurar que estos ritos que hacen vomitar no me producen ninguna delicia.

En aquellos momentos estuve de acuerdo con Sebastián. Yo también prefería otro tipo de contacto con el mundo que me rodeaba. El *bwiti* me empezaba a dar miedo.

—¿Podemos salir de aquí, tío?

—No, Benjamín —mi tío fue tajante—. Una vez que la ceremonia ha empezado, no puede abandonarse. Sería una falta de respeto hacia nuestros anfitriones, especialmente hacia Henri, que te ha invitado. Y además, ¿qué pensaría Sandrine si se enterase?

No sé si lo de la falta de respeto era verdad o si Sebastián me estaba dando una lección del tipo: «¿No has querido venir? Pues ahora aguanta y sufre las consecuencias». Todo por aquello de hacer de mí un hombre y esas cosas, claro. Lo cierto es que aquellas visiones rituales se estaban convirtiendo en parte de mi propio rito de iniciación a la vida. Sentía que en los días que llevaba en Gabón con mi tío, con Henri y con los demás, había aprendido más sobre los seres humanos y sobre el mundo que en todos los años de escuela. Además, no quería que Sandrine pensara que era un cobarde.

El caso fue que nos quedamos hasta casi el final: más vómitos, danzas enloquecidas con gritos que acababan en desmayos, los hombres de los instrumentos de cuerda que tocaban una música monótona junto a los puntos vitales de los cuerpos de los iniciados (cerca del corazón, del hígado, para que la música entrara en ellos o algo así). La chica del vestido rojo tocando el tambor con un ritmo frenético. Henri dando de comer más plátanos a los que iban despertando del sueño. Yo volví a vomitar un par de veces más. Me mareé y, por fin, Sebastián con el permiso de Henri me sacó en brazos de allí.

No recuerdo nada más, ni cómo me metí o me metieron en la cama, ni cómo llegué hasta ella.

Desperté con mi tío sentado a mi lado. Acarició mi mejilla derecha y me sonrió.

—Buenos días, Benjamín. ¿Tuviste dulces sueños?

Yo me desperezaba felizmente. En ese instante, recién despertado, no me acordaba de la experiencia nocturna. Acababa de soñar que Almudena y yo estábamos en una playa tumbados al sol y a punto de darnos el primer beso. ¿O quizás éramos Sandrine y yo? De pronto, y mientras Sebastián descorría las cortinas de mi habitación para que entrara la fuerte luz de los trópicos, me preguntó:

—¿Qué? ¿No te apetecen unos plátanos fritos para desayunar?

De repente, todas las imágenes de la noche anterior se apelotonaron en mi cerebro durante un segundo. No lo pude remediar. Fui corriendo al váter y vomité lo poco que me quedaba en el estómago.

Desde el cuarto de baño oía a mi tío reírse a carcajadas. Estuve a punto de salir del servicio y tirarle un frasco de colonia a la cabeza. Pero en ese momento oí cómo entraba Lise en mi habitación. Vi que llevaba una taza de manzanilla caliente para entonar mi estómago. Mi tío lo tenía todo previsto. Me eché a reír, ya con el estómago tan limpio como el de los iniciados. ¿Quién podía enfadarse con Sebastián?

15

Un elefante herido en el río

No vi a Sandrine en el *bwiti;* si estaba allí no la reconocí. Hacía varios días que no la veía, pero siempre era así, desaparecía y aparecía como por arte de magia. Tenía muchas cosas que hacer y a mucha gente a la que ver por los alrededores cuando venía de Europa; yo no era nadie demasiado especial para ella, todavía, así que no me venía a visitar todos los días. Tampoco yo iba a buscarla: no sabía ir solo a su refugio, me podía perder y además me daba vergüenza que se diera cuenta de que me empezaba a gustar más de la cuenta.

Aquella mañana después del *bwiti* se presentó en casa mientras desayunábamos su madre y yo. Sebastián ya lo había hecho antes de despertarme.

—Tu tío me ha dicho que anoche estuviste en el *bwiti.* ¿Qué? ¿Te gustó? ¿Qué te pareció?

Noté cierta ironía en su interrogatorio. Mi palidez y mi cara de recién vomitado hablaban por sí solos. Y además, seguro que Sebastián le había contado algo, y de ahí su tono y su sonrisa. Lise salió a dar de comer a los conejos y nos dejó solos.

—Fue una experiencia inolvidable —respondí—.

Nunca había vomitado tanto. Creo que no volveré a comer plátanos en mi vida. Tú no estuviste, ¿verdad?

—Yo no. El año pasado, Henri me llevó para iniciarme. Comí la madera sagrada y ya no me acuerdo de nada más. Se pasa peor viéndolo que viviéndolo, porque si lo ves tienes recuerdos el resto de tu vida; mientras que si lo vives no recuerdas nada y además te has convertido en un iniciado.

—Entonces, ¿tú también crees en esas cosas? ¿Para eso te está pagando mi tío una educación europea en Francia? —pregunté. Todavía no entendía que la verdad no tiene sólo un camino.

—Pues claro que me lo creo, ¿qué tendrá que ver una cosa con otra? Desde que fui iniciada, me siento más segura en el bosque, sé que nada podrá pasarme porque formo parte de él, de su espíritu. Y me ayuda con mis perfumes, me hace conocer mejor las plantas y las flores que destilo. Es como si los espíritus me inspiraran para hacer las mezclas. ¿A que te gusta la que me he puesto hoy? Está hecha con la flor amarilla que te dije el otro día, mezclada con otra, muy pequeña, de color violeta.

Acercó su cuello a mi nariz para que pudiera olerla mejor. Su perfume era como el que debían llevar las princesas de los cuentos que le contaba papá. En eso entró Sebastián y nos sorprendió en aquella posición, con las caras muy, muy cerca.

—Humm. ¿Qué pasa por aquí? —nos preguntó sonriendo de una manera cómplice que no se correspondía con la realidad, aunque yo bien hubiera querido que sus sospechas hubieran sido ciertas.

—Le enseñaba a Benja mi nuevo perfume. ¿Te gusta? —preguntó Sandrine a mi tío con toda naturalidad, como ella hacía todas las cosas—. Lo compré en el avión cuando venía a casa. —Evidentemente estaba mintiendo. Sólo yo sabía lo del escondite y sus aficiones aromáticas. Eso me hizo sentirme importante. A mí me había confiado un secreto que a Sebastián escondía.

—Hueles muy bien, Sandrine, es un aroma muy fresco y natural. Me recuerda a alguna flor de por aquí. Delicioso. ¿Cómo se llama?

—*Eau de Printemps* —mintió Sandrine con la misma naturalidad de siempre—. Es nuevo y estaba en oferta en el aeropuerto. Ah, por cierto, Sebastián, necesito un frasco de antídoto contra víboras.

—¿Y el que te di el otro día? —inquirió mi tío sorprendido.

—Me caí con él en el bolsillo y se rompió. A veces soy tan torpe —dijo mientras me guiñaba un ojo, no comprendí por qué.

—Está bien, te daré otro. Pero ten cuidado. Se pueden acabar y si los necesitamos cuando no hay, ¿qué hacemos? —Sebastián entró en su despacho y salió enseguida con la botellita mágica.

—Oh, gracias, Sebastián, eres un encanto —y le dio un beso en la mejilla al recoger el frasquito. En ese momento deseé haber sido mi tío para recibir aquel beso—. Ahora voy a enseñarle a Benjamín un sitio nuevo. Vamos a subir el río hasta los rápidos. Allí crecen unas flores cuyo perfume casualmente se parece a éste. Ponte las botas de agua, estará mojado.

—Muy bien, muy bien, muchachos, pero id con cuidado. Lleva tu machete, Benja. No lo olvides siempre que entres en el bosque. Y llevad los ojos muy abiertos.

—Sí, tío, tranquilo. Lo tendremos. Hasta luego.

—Hasta luego, Sebastián, y gracias por el antídoto.

Salimos de la casa sin dirigirnos la palabra. Ya cuando estábamos cerca del lago le pregunté:

—¿Por qué le has pedido otro frasco? ¿Qué ha pasado con el del otro día? ¿Por qué me has guiñado el ojo?

—No se cayó, Benjamín, he tenido que mentirle a tu tío. Hace tres días me mordió una víbora en la cueva; por eso no me has visto ni siquiera en el *bwiti.* Me lo tuve que inyectar, pero aun así tuve fiebre y estuve en la cama casi dos días. Le he hecho creer a mamá que era un catarro de estómago, pero eran los efectos del veneno y de la inyección. ¿No me encuentras más pálida?

¿Quién se la podía imaginar en un internado europeo sujeta a reglas, a ella, que era una auténtica hija de la selva, fuerte y valiente como un guerrero masai? Verdaderamente, no la podía encontrar más pálida, su piel seguía siendo oscura como el ébano, aunque sí se podían adivinar unas ojeras. Se las señalé.

—Sí, ojeras, son típicas. Pero, bueno, ahora ya tenemos otro frasco. Así que tranquilo. Además, el espíritu del bosque me protege.

—Eso a ti, que eres una iniciada. A mí no, que no lo soy —repliqué incrédulo.

—A ti te protejo yo, bobo. Además, el bosque también tendrá en cuenta que eres mi amigo y no te hará daño.

—Sandrine, ¿de veras te imaginas a ti misma de perfumista en una de esas tiendas de moda de París durante todo el año, y venir aquí los veranos y comer serrín en una piel de plátano? ¿No te parece que una cosa no encaja muy bien con la otra? —A mí me seguía pareciendo que las cosas o eran de una manera o eran de otra.

—Puede que sea un contraste. Pero la vida está llena de contradicciones, ¿no? Además, por muy en París o en Madrid que pueda estar, yo nunca voy a perder mis raíces, que son africanas. Estoy orgullosa de pertenecer al bosque, a la selva, al *bwiti,* a África, que creo que puede aportar muchas cosas buenas a los países del norte, por ejemplo, los nuevos perfumes que yo inventaré con las plantas del sur.

Siempre que parecía que se iba a poner profunda, volvía a la frivolidad. Hacía que todo fuera fácil y cómodo. Desdramatizaba la vida, ella, cuya vida estaba llena de dramas. ¡Cuánto me quedaba por aprender también de ella! ¡Y qué poco me acordaba ya de Almudena!

Andábamos por una parte del río muy poco profunda, sólo varios centímetros. Por allí el cauce se cierra en un suave cañón y está rodeado de árboles y de vegetación muy variada. Fuimos caminando por el arroyo con las botas de agua, así no había peligro de las víboras, había suficiente luz para ver si alguna se acercaba y además llevábamos el frasco con el antídoto. Me preguntaba si Sandrine llevaba también la jeringuilla. Por si acaso no le pregunté. Se ayudaba con el bastón para caminar entre las piedras del río. A mí me daba miedo que resbalase y se rompiera algún hueso, pero la verdad es que iba más segura que yo. Andaba delante de mí, sin hablar, contemplando los colores de las piedras y escuchando el murmullo de las aguas. Estaba orgullosa de su tierra y tenía razones para estarlo. Yo podía entender más su amor por sus raíces cada día que pasaba en África. A cada momento descubría nuevos motivos para estar fascinado con la selva.

Llegamos a los rápidos y dejamos de andar por el agua. Justo en esa parte nace un antiguo sendero a orillas del río, cuyo sonido es cada vez más fuerte. Son las cascadas: el agua salta con tal fuerza que hace un ruido estrepitoso.

Sandrine no dice nada, me toma la mano para ayudarse a saltar un riachuelo. Me sonríe al notar mi piel y a mí me vuelve a dar un escalofrío.

De pronto, Sandrine deja de sonreír. Oímos un ruido más fuerte y más grave que el del río y vemos una gran masa gris frente a nosotros, que nos mira y lanza otro bramido que parece un trueno. Me acuerdo de los ronquidos de María. ¿Cómo no lo hemos visto antes? ¿Lo habremos confundido con una piedra? ¿Acabará de llegar? Nos ha visto y nuestra presencia no le ha hecho ninguna gracia. ¿Qué podemos hacer?

—Benjamín, es un elefante.

—Sandrine, ¡ya veo que es un elefante, y muy grande!

—Sí, pero eso no es lo peor. Mírale el lomo derecho, cerca de la oreja. Está sangrando. Está herido. Ha debido de tener una pelea con otro macho. ¿Sabes? Un elefante herido es uno de los animales más peligrosos de la selva.

—Gracias por decirlo, esa información te la podías haber ahorrado. ¿Y ahora qué hacemos?

—Pues echar a correr si se acerca y gritar, a ver si nos oyen. No se me ocurre nada más. Está claro que ni con tu machete ni con los bastones podemos hacerle frente si nos ataca.

—¿Echar a correr? Tú no puedes correr con estas piedras y este terreno lleno de arbustos.

—¿Que no puedo qué?

Sandrine empezó a correr con el bastón en la mano en cuanto que el elefante se movió hacia nosotros. Yo la seguí. El mastodonte empezó a perseguirnos, lanzando unos alaridos que se confundían con los rápidos del río. Sandrine tropezó. Me paré a ayudarla. Me dijo que siguiera mi camino. No le hice caso. Tenía que protegerla. La levanté y seguimos corriendo por el bosque, ella agarrada a mi hombro y saltando a la pata coja, intentando escondernos del paquidermo. Pero no había manera. Un elefante a la carrera puede ser muy veloz. Oíamos sus pasos, que hacían temblar el suelo muy cerca de nosotros. Tropecé, nos caímos los dos. Pensé que todo estaba perdido, la miré para darle una ojeada a la criatura más hermosa que había conocido. Nuestras caras estaban muy cerca. Acerqué todavía más la mía a la suya y le di un beso, intentando que mi despedida del mundo tuviera un final dulce. Entonces oí el disparo. En un segundo ocurrió todo: mi beso, los ojos por primera vez asustados de Sandrine, no sé si por haberla besado o por la presencia del elefante, el disparo, el desplome del animal en el suelo a un metro de nosotros, nosotros que rebotamos con la fuerza de la caída de la bestia, y las voces que se acercaban. Eran las de Henri y Sebastián.

—¿Estáis bien? Vamos, vamos, ya ha pasado todo.

Era la voz de mi tío, que se lanzó rápidamente hacia nosotros para ver nuestro estado. Sandrine lloraba y se abrazaba a Henri. Toda su fuerza se había venido abajo, no sé si por el elefante o por mi casi inexistente beso. Yo también lloraba y me abrazaba a Sebastián, que me besaba en la frente y que estaba tan asustado como nosotros.

—En cuanto os marchasteis, vino Armand y dijo que había visto un elefante herido cerca de los rápidos —explicó mi tío con la respiración entrecortada por la angustia pasada y por la carrera—. Hemos venido lo más deprisa que hemos podido. Gracias a Dios, hemos llegado a tiempo. Si te llega a pasar algo, Benjamín, no sé qué...

Casi no podía hablar y una lágrima caía por su mejilla derecha.

—No te preocupes, tío, ya está. No ha pasado nada. Sandrine dice que estamos protegidos por los espíritus del bosque.

—Poco habrían hecho los espíritus del bosque si no llegamos a tiempo —replicó Sebastián.

—Tal vez hayan hecho que viniéramos a tiempo y que Armand viera el elefante y que nos lo dijera también a tiempo —le contestó muy serio Henri.

Mi tío no respondió, se limitó a mover la cabeza de un lado a otro con los ojos bajos. Los levantó para mirar a Sandrine, que ya se había puesto de pie y que había dejado de sollozar. Le dolía un poco un tobillo, pero volvía a ser la chica valiente de siempre. Sebastián se dirigió a ella:

—Y tú, Sandrine, deja de corretear por el bosque sin tomar precauciones o algún día tendremos un disgusto.

—Sí, Sebastián, no volverá a ocurrir. ¿Quién iba a pensar que habría un elefante herido por aquí tan cerca del poblado?

—Mira, bonita, estamos en la selva y, además de víboras, por aquí viven elefantes sueltos, evidentemente, y leopardos y otras bestias salvajes. Esto no es una avenida de Burdeos ni de Madrid —nos dijo mi tío mirándonos a una y a otro con el susto y cierto enfado escritos en la cara—, así que ya está bien de paseos por los alrededores como si esto fuera la Gran Vía. Además, ante un elefante herido de nada sirve correr, lo que hay que hacer es esconderse detrás de un árbol y dejar que pase. Mirad a este pobre animal, que no tenía la culpa de nada y por vuestra irresponsabilidad ahora está muerto. Miradlo bien, tenía una vida y ahora no tiene nada, no es nada.

—Ahora forma parte del gran espíritu del bosque —dijo Henri, extrañamente asombrado ante la justa reacción de mi tío.

—Bobadas —reiteró Sebastián—. Armand, que venga la gente del poblado y cojan la carne del animal.

Tendrán comida para unos días. Al menos habrá servido para algo.

—¿Y el marfil, patrón? —preguntó Armand.

—Córtalo en pedazos con la sierra y repártelo. ¿Veis estos colmillos? —dijo dirigiéndose a nosotros—. Se convertirán en collares y pulseras para embellecer a las mujeres de la tribu. Hasta hace unos minutos le servían para defenderse, pero ante el fusil nada han podido hacer. Ya veis, en un segundo todo cambia, y vosotros habéis tenido algo que ver con ello.

Yo no me sentía culpable de la muerte de aquel animal. Ni Sandrine ni yo habíamos tenido intención de hacer ningún daño con nuestro inocente paseo por los rápidos.

—Tío, te pedimos permiso, y tú nos lo diste. Sandrine te dijo dónde íbamos y te pareció bien.

—Sí, ya sé que os di permiso. Por eso estoy cabreado, más conmigo mismo que con vosotros. Si de verdad estuviera enfadado con vosotros, os expediría al uno a Madrid y a la otra a Burdeos. ¿Vale? Bueno, intentemos olvidarnos del asunto. Ya no tiene mucho remedio. Por cierto, ¿a quién se le ocurrió correr delante del elefante? Nunca hay que hacer una cosa así. En el bosque hay que intentar esconderse o subirse a un árbol que sea mucho más alto que él. Ya os lo he dicho.

—O matarlo con el machete —afirmó Henri mientras caminábamos de vuelta a casa—. Una vez yo maté a un elefante así.

—Oh, papá, eso ya nos lo has contado muchas veces —protestó Sandrine.

—A mí no, ¿cómo lo hiciste? —repliqué mientras intentaba imaginarme un machete como el mío, de unos veinte centímetros, en lucha con un animal de más de tres metros y casi cinco toneladas, y me parecía imposible. Aquello sonaba a aventura de novela de caballerías, en las que los caballeros de un espadazo mataban a un dragón. No podía ser cierto. Entonces Henri nos lo contó:

—Estaba yo en el bosque buscando hierbas para un *bwiti.* No llevaba rifle, sólo el machete para cortar la madera sagrada. De pronto lo oí, era un animal herido como éste. Me vio y vino hacia mí corriendo. Corría y él me perseguía. Estábamos en una zona de bukas, que son unos árboles gigantes; el diámetro del tronco es más ancho que la altura de dos hombres grandes. Me escondí detrás de uno de ellos y esperé a que pasara a mi lado. Con el machete le corté los tendones de la articulación de la pierna, a la altura de la rodilla. Emitió un largo y dolorido bramido y se quedó inmovilizado por el dolor y por la herida. No podía seguir corriendo, pero daba zarpazos enormes con las otras patas. Le seguí golpeando hasta que no se movió más. Aún no sé cómo fui capaz de hacerlo, pero lo hice. El espectáculo era sangriento. Vinieron tu padre y tu abuelo. Tu padre todavía era muy joven, tendría pocos años más que tú ahora. Se mareó al ver tanta sangre y vomitó al otro lado del buka. Se escondió para que no viéramos lo que le pasaba, pero lo vimos. Le pasó lo mismo que a ti con el *bwiti.* El animal era grande y tuvimos comida en el pueblo para una semana.

—¿Y el marfil? —pregunté curioso.

—¡Ah! Lo repartí entre mis mujeres.

—Y apenas les llegó para hacerse una pulsera a cada una.

Reímos con el chiste de Sebastián, que hacía alusión a todas las esposas y amantes que Henri tenía en el pueblo. Y así, ya un poco más relajados, llegamos a la casa. Lise, que no se había enterado del episodio, tenía la cena preparada y se entretenía matando mosquitos en el porche, sentada en el balancín, cuando nos vio aparecer a los cuatro. Sandrine y yo sucios de barro y con sangre del elefante en nuestras ropas.

—Por todas las almas de los difuntos, ¿qué ha pasado aquí?

—Nada, mamá. Sebastián ha matado un elefante que nos encontramos Benjamín y yo. Habrá carne para todos y tú te podrás hacer otra pulsera de marfil como la que llevas.

—Ah, ¡qué bien! Hacía tiempo que no teníamos carne de elefante para comer. Verás, Benjamín, te encantará, es un bocado exquisito.

La escuché atónito. Si en vez de Lise hubiera sido mi madre la que nos hubiera encontrado en semejante estado, le habría dado más de un mareo, habría necesitado una tila o dos y me habría prohibido volver al bosque para siempre. Menos mal que estaba en Santander, lejos de los peligros africanos, y que nunca se enteraría ni por mí ni por Sebastián de lo que había pasado.

Sandrine, Henri y Lise se quedaron a cenar con nosotros. Aquello parecía una velada familiar. A Sandrine le dejé una camiseta mía limpia y unos pantalones. Tuve una sensación muy especial al pensar que mi ropa estaba tocando su piel. En aquel momento decidí que nunca lavaría aquella camiseta.

Acabamos riéndonos de la aventura, aunque no mencionamos nada de la víbora del otro día, ni de la que había mordido a Sandrine. Henri y Lise se marcharon juntos hacia el poblado. Sandrine se quedó un rato más con nosotros. Cuando nos despedimos en el porche me dijo en voz muy baja:

—Yo también pensé que era nuestra última hora. Me gustó que me besaras. Nadie lo había hecho hasta ahora.

—Sí, yo, bueno... quería pedirte disculpas. Tampoco había nunca besado a ninguna chica. No sé qué me pasó. Pensaba que íbamos a morir aplastados y creo que lo hice para compensar.

—Sí, pues estuvo muy bien, aunque fue muy rápido. En las películas he visto besos más largos.

Mi poca o, mejor dicho, mi nula experiencia con las mujeres no me dejaba saber si me estaba pidiendo que la besara otra vez o si me echaba en cara mi poca habilidad. No sabía cómo salir airoso de la situación sin hacer el ridículo. Menos mal que me acordé de pronto del medallón, así que en vez de besarla, que es lo que debía haber hecho, le pregunté:

—Por cierto, Sandrine, ¿sabías que mi padre tenía un medallón hecho con la muela de un leopardo que también mató Sebastián en una situación parecida a la de hoy?

—Sí lo sabía —contestó tal vez un poco decepcionada porque no la había besado, pero seguramente satisfecha de mi timidez—. Siempre lo llevaba puesto. ¿No es el que Sebastián lleva ahora?

—No, ése es otro. Había dos iguales, uno para cada hermano. El de mi padre desapareció el día del accidente. Todavía está en la montaña. Sebastián ha prometido llevarme para recuperarlo.

—¿Qué? ¿Que Sebastián te va a llevar a las Montañas de Cristal a buscar un medallón perdido? No es posible. Es peligroso subir allí arriba.

—¿Y tú me hablas de peligros? Tú, que vives cada día con ellos a cuestas.

—Son peligros distintos. La montaña es otro mundo. Y el medallón sólo es un medallón.

—No es sólo un medallón, era de mi padre y quiero encontrarlo.

—Vale, vale, ya veo que eres un testarudo. ¡Ah, Sebastián! —exclamó cuando vio a mi tío en la puerta—. Me está diciendo este chiflado de tu sobrino que vais a subir la montaña a buscar el colgante de Pablo. ¿Es verdad?

—Sí que lo es, dentro de una semana más o menos. Pero si estás pensando en pedirme que te deje venir con nosotros, la respuesta es no.

—Por supuesto que no voy a ir. No se me ocurriría siquiera. No puedo escalar montañas, sería muy incómodo para todos. Además, no quiero ir allí.

Sebastián la cogió por los hombros y le dijo:

—Venga, te acompañaré a tu casa. Después de lo de hoy, no quiero que andes sola de noche por el camino. ¿Aceptas mi brazo?

—Claro, caballero, será un honor —y se cogió del fuerte brazo de mi tío, al que volví a envidiar—. Ya nos veremos, Benjamín, y... gracias por lo que has hecho esta tarde.

—Buenas noches, Sandrine, que duermas bien.

—¿Qué ha hecho esta tarde? ¿Algo relacionado con el elefante? —oí que le preguntaba Sebastián mientras se iban. Supuse que Sandrine le contaría alguna mentirijilla que ocultara el tema del beso inacabado y que se iba a convertir en otro de nuestros secretos compartidos.

16

Algo misterioso sucede

Una mañana estábamos mi tío y yo en el porche organizando los permisos para la exportación de las maderas. Llegó Henri con un semblante preocupado. Henri no era un hombre que soliera mostrar sus sentimientos ni sus pesares; por eso me extrañó que aquel día su rostro reflejara una expresión grave. Pensé que tal vez había ocurrido algo con Sandrine, que llevaba varios días sin aparecer. Como no le gustaba la idea de ir a la búsqueda del medallón, no dio señales de vida durante unas cuantas jornadas.

—Patrón —le dijo a Sebastián (algunas veces le llamaba así, sobre todo delante de los demás trabajadores)—, tengo que hablar con usted de algo muy importante.

—¿De qué se trata, Henri? —contestó mi tío.

El hombre miró a Sebastián con aire de complicidad, a la vez que dirigía su oscuros ojos, siempre detrás de aquellas gafas rotas, hacia mí y arqueaba levemente las cejas. Yo fingí que no me daba cuenta de nada, porque aquello era un signo evidente de que lo que tenía que decir me debía ser ocultado por alguna razón que yo no comprendería hasta un rato después.

Sebastián comprendió al punto y le invitó a pasar a su despacho.

Ni que decir tiene que yo me quedé con una mosca en la oreja. ¿Qué era aquello tan misterioso que yo no debía oír? Por supuesto, no estaba dispuesto a no enterarme. La ventana del despacho de Sebastián tenía todavía el agujero que días antes había provocado el dichoso mono al lanzar el coco. El cristal se había rajado, pero en la parte de abajo, a la izquierda, se había hecho un pequeño agujerito, de tamaño suficiente para que pudiera yo oír a su través la conversación secreta.

Me agaché bajo el ventanal y me dispuse a escuchar aquello que me debía quedar oculto y que el fiel Henri tenía que contarle a Sebastián. Desde mi escondite oí palabras que me hicieron estremecer.

—Sebastián, el hijo de Pascal, el que desapareció la semana pasada y creímos que se había ahogado en el lago, ha aparecido.

—¿Vivo? —preguntó mi tío con expectación.

—Sí, señor.

—Entonces, estupendo, ésa es una buena noticia, ¿no?

—No, señor —Henri a veces era muy parco en el uso de las palabras.

—¿Y por qué demonios no es una buena noticia haber encontrado vivo al hijo de Pascal? ¿Me lo quieres explicar?

—Ha aparecido vivo, pero no entero, patrón. Le han arrancado un ojo y algo más.

—¿Y algo más? —inquirió mi tío, cuyo tono de voz empezaba a mostrar cierta inquietud.

—Sí, señor —cuando le hablaba de algo importante, siempre se dirigía a Sebastián con esa palabra—. Le han cortado parte de la hombría. Ya sabes a qué me refiero... Se estaba desangrando cuando lo encontró Pierre. Ahora Marianne le está cortando la hemorragia con unas hierbas.

Aunque no podía ver sus caras, imaginé que la faz de Sebastián empalidecía al oír aquello. Como siempre, reaccionó rápido:

—Hay que llevarlo al hospital de Lambarené inmediatamente. Llama a Jean, que coja la avioneta ahora mismo. No hay tiempo que perder.

Yo sabía que el hospital de Lambarené era muy importante. Había sido fundado por el famoso doctor Albert Schweitzer. Fue el primer hospital de África y seguía siendo un buen centro médico. Pero en aquellos momentos, agachado bajo el ventanal del despacho de mi tío, yo me preguntaba por qué le habían quitado un ojo a Paul, al que yo había visto jugar un par de veces con uno de los hijos de Henri. ¿Y a qué se refería cuando decía que le habían cortado parte de la hombría? Lo que me imaginaba era demasiado fuerte para poder pensar en ello, y no podía preguntar nada, porque se suponía que nada sabía. Mis pensamientos estuvieron quietos unos segundos. Tampoco entendía por qué nadie había hablado de que un hijo de Pascal había desaparecido. Yo había estado en el bosque con él unos días antes y nada hacía ver que un hijo suyo estuviese perdido. Parecía que en la selva la manera de expresar los sentimientos no tenía nada que ver con la nuestra.

Enseguida Henri y Sebastián volvieron al porche. Para entonces, yo estaba tallando una cáscara de coco y convirtiéndola en la cara de un mono. Puse cara de inocencia, como si siempre me hubiera dedicado a tallar cocos. Ninguno de los dos hombres me dijo una palabra, claro. Sebastián me acarició el pelo sin mirarme a los ojos y se fue hacia el lago. Era noche oscura y tenía que dar instrucciones al piloto para la expedición hacia Lambarené. Me los quedé mirando desde el porche. Cada vez que veía la avioneta me acordaba de mi padre. Además iban a Lambarené, que era el lugar adonde mi padre no consiguió llegar aquella tarde tormentosa.

El recuerdo de papá y lo que estaba pasando me dejaron taciturno. Tuve miedo otra vez. Paul tenía la misma edad que Sandrine y que yo. Por alguna razón extraña y misteriosa alguien le había dejado casi ciego y le había cortado algo que empezaba a vislumbrar con más claridad. ¿Y si me pasaba a mí lo mismo? ¿Y si había gente por allí cerca que se dedicaba a raptar niños y a hacerles eso? Sebastián me había explicado que antiguamente había prácticas caníbales en la segunda y la tercera fase del *bwiti:* para ser un iniciado de segunda fase había que comer carne de un niño, y para serlo de la fase tercera y superior, el niño tenía que ser de la propia familia. Mi tío me había asegurado que esas prácticas estaban prohibidas y perseguidas por las leyes y que ya no se hacían, al menos no en las tribus que él y Henri conocían y que estaban cerca de nosotros. Pero yo me preguntaba: ¿y si lo hacían a escondidas?, ¿o si venían hombres de lejanas tribus a secuestrar chavales de nuestro poblado para sus ceremonias? La sola posibilidad de que algo así pudiera suceder me llenaba de terror.

Aquella noche apenas dormí. Temía que algún brujo cubierto de dientes y cabellera de león y de plumas de garza rosa me secuestrara amparado por la oscuridad. Oía ruidos acompasados. Sólo era mi corazón, que palpitaba tan fuerte y rítmico que su sonido parecía el de tambores que se acercaran para acompañar quién sabe qué extraña ceremonia, de la que yo podía ser involuntario protagonista. Sudaba como un cerdo a punto de ser sacrificado. Creo que debí de tener hasta fiebre. Llegó el alba, y yo no había conseguido pegar ojo. Por la mañana, tenía tales ojeras y tal cara de susto, que Sebastián me preguntó, mientras se acercaba a mi cama:

—¿Qué pasa contigo, Benjamín? Tienes mala cara.

Y en efecto la tenía, y tan asustado estaba que me eché a llorar y le confesé a mi tío que había oído todo lo que Henri le había contado sobre Paul.

—¿Así que oíste lo que le pasó a Paul? No te preocupes, ya está fuera de peligro. Pascal ha enviado un fax desde el hospital y todo está bajo control. No ha perdido la vista.

Me alegré de que Paul pudiera seguir viendo las maravillas de su hermosa tierra, pero seguía aterrorizado.

—¿Y eso que dijo Henri de que le habían cortado algo? ¿A qué se refería exactamente? ¿Y quién ha podido hacer una cosa así? Su padre es un hombre bueno; no creo que tenga enemigos, y Paul tampoco. Entonces, ¿por qué lo han herido? Está claro que no ha sido ningún accidente.

Se me agolpaban las dudas y las preguntas. En aquellos momentos, en una ráfaga de segundo, y por primera y última vez, incluso se me pasó por la cabeza la idea de que quería volver a mi casa de Madrid. Pero allí ni siquiera estaba mi madre, que estaría tranquilamente tomando el sol en Santander con el cirujano de las narices. Confieso que fue un pensamiento fugaz, ya que en el fondo, y pese a todos los miedos, me intrigaban y excitaban a la vez los peligros que la misteriosa África me estaba deparando. Y además, estaba Sandrine, que, poco a poco, iba sustituyendo a Almudena en mi cabeza.

—Lo de la hombría, Benja, creo que te lo puedes imaginar —me dijo Sebastián mientras se señalaba la parte de los pantalones donde se juntan las dos piernas, lo que confirmaba mis terribles sospechas—. Y lo otro, lo de quién ha sido, pues no se sabe... Verás, entre los *fang* hay algunas tribus que todavía celebran extrañas ceremonias y rituales prohibidos por la ley y que son desconocidos en otros lugares. Se trata de ritos parecidos a aquellos que te conté que antiguamente se hacían para alcanzar los grados superiores de iniciación en el *bwiti*. Hay pueblos que creen que si alguien tiene un órgano enfermo y se lo arrancan a un joven sano, el enfermo se curará de su enfermedad. Lo mismo si un hombre tiene problemas con su virilidad —confieso que no entendí el significado de aquella palabra, aunque me lo imaginé—, creen que si cortan y guardan el miembro sexual de un hombre joven y saludable en una caja de madera sagrada, el otro recobrará su fuerza masculina. En fin, son antiguas leyendas, ritos de magia negra, prohibidos desde hace muchos años, pero que algunos grupos siguen practicando a escondidas, según parece. Al pobre Paul le ha tocado esta vez. Los brujos de esas tribus buscan chicos jóvenes, fuertes, sanos y guapos, que empiezan a ser hombres.

Se me encogieron todos los músculos ante la falta de delicadeza de mi tío: yo también era joven y sano, no muy fuerte, vale, y tampoco muy guapo, sobre todo con aquellos malditos granos que había en mi cara y que me alejaban de Almudena. Venía observando, no obstante, que desde que estaba en África y gracias a la comida de Lise los granos iban desapareciendo. Había estado contento con el cambio hasta que oí las palabras de Sebastián: tal vez me podía convertir en una presa para los cazadores de muchachos. Además, estaba Sandrine, que iba sola por el bosque tantas veces. ¿Estaría también ella en peligro, aunque fuera una mujer? Debí de poner tal cara de susto al mirar a mi tío, que advirtió enseguida parte de mi pesadilla mental:

—Tranquilo, Benjamín, pequeño —ya he dicho que odiaba que me llamaran pequeño, pero en aquel momento casi lo agradecí; me pareció que me alejaba del peligro—. No te preocupes. Tú eres blanco y nunca eligen hombres blancos para sus prácticas rituales. Suelen buscar hombres lo más parecidos posible al enfermo, negros y fuertes, y no muchachos de piel color de leche y un poco enclenques como tú.

Al decir esto, se echó a reír como sólo él sabía hacerlo, mientras me hacía cosquillas por debajo de las sábanas. Yo siempre he tenido muchas cosquillas en las plantas de los pies. Más de una vez me he reído yo solo poniéndome los calcetines. Pero en aquellos momentos ni eso me hacía esbozar siquiera una tímida sonrisa. Seguía con la mosca detrás de la oreja.

—¿Suelen elegir? —había captado el sutil matiz con que se había expresado Sebastián.

—Sí —vaciló ladeando la cabeza—, apenas ha habido casos de blancos secuestrados. Sólo un par de ellos desde que estamos aquí. El raptor los confundió en la oscuridad de la noche y los devolvió sanos y enteros al amanecer, cuando se dio cuenta del error.

Me callé. Pensé aquello de que «no hay dos sin tres». Confié en que mis pocos atractivos granos adolescentes y mi carne blanca y lechosa me salvarían de ser elegido para los extraños rituales, al menos hasta que la constante exposición al sol tropical me tostara más la piel. Preocupado excesivamente por mí mismo, en aquellos momentos no pensé ni en Paul, ni en todos los demás chicos del poblado, que estaban en peligro, seguramente mucho más que yo, o tal vez menos...

—No te preocupes —continuó Sebastián—. Además aquí estoy yo para protegerte.

Era verdad, seguía convencido de que a su lado nada malo podía sucederme. Cuando dijo aquellas palabras, se agachó hacia mi frente para besarla. Entonces, su medallón asomó por fuera de la camisa y fue a dar directamente en mis labios. Lo tomé entre mis manos; noté su suavidad y su dureza y le pregunté:

—Tío, ¿cuándo iremos a rescatar el medallón de papá?

—Cuando terminemos el trabajo de los camiones y carguemos toda la madera en los barcos.

—¿Y cuándo será eso?

—Después habrá que terminar de organizar y planear la expedición. Dentro de unos cinco días, más o menos, iremos a buscar el medallón perdido.

El medallón perdido, iríamos a buscarlo dentro de cinco días aproximadamente. Ése era el tiempo que me quedaba para ir aprendiendo más y más sobre África, sobre Sandrine, sobre Sebastián y sobre mi padre, antes de emprender la gran aventura para encontrar su recuerdo más preciado. Hallar el medallón iba a ser mi manera de recuperar a mi padre o, al menos, su memoria.

17

De camino hacia la montaña

Cuando comenzamos los preparativos, mi tío no quiso ni oír hablar de ir en la avioneta o en helicóptero.

—Ni pensarlo. Aquélla es una zona muy peligrosa para sobrevolarla, y es imposible aterrizar cerca. El bosque la rodea por todas partes. Y no pienses que vamos a alquilar un helicóptero. Los helicópteros son para salvamento y urgencias, y no están para cumplir caprichos de nadie. Hay que ir andando, así que tú eliges: o lo tomas o lo dejas.

—Iremos andando, de acuerdo. ¿Qué te piensas? Estoy acostumbrado a dar largos paseos a pie —yo me acordaba de las marchas que hacíamos con el profesor de educación física por la sierra de Madrid. Pero ya me suponía yo que para Sebastián aquello no serviría siquiera de referencia. Ante nosotros esperaba una montaña llena de árboles y plantas tropicales, una verdadera selva virgen, con rocas escarpadas que escalar, con ríos que vadear y con animales salvajes de los que protegerse.

Sebastián calculó en un par de días con sus respectivas noches lo que nos costaría llegar hasta el punto exacto en que estaban los restos de la avioneta de papá y entre los que yo esperaba encontrar su medallón.

La noche anterior Sebastián me había advertido de los peligros que nos acecharían. Yo creo que tenía esperanzas de atemorizarme para que me echara atrás. Pero por supuesto no lo consiguió.

—Tienes que aprender a escuchar a la selva y a diferenciar sus sonidos, Benjamín. Mañana no vas a emprender una excursión por la sierra de Guadarrama, donde lo más que te puedes encontrar es un riachuelo o un ciervo que va a huir de ti como alma que lleva el diablo. Tampoco es un paseo de tres o cuatro horas, que es lo más que has hecho por aquí cerca. Tendrás que estar alerta cada segundo durante cuatro o cinco días. En la montaña y en el bosque, cada ruido significa que hay algo vivo cerca de ti. Puede que sea sólo una planta a la que una corriente de aire ha hecho mover, pero puede ser un animal hambriento. También has de ir vigilando el suelo. Aquello que parece una rama seca puede ser una serpiente camuflada, dispuesta a clavarte sus colmillos y su veneno. Tienes que tener en cuenta, Benjamín, que el bosque a veces es amigo y a veces es enemigo. Ésta es tu primera gran incursión en la selva y has de tener mucho cuidado. Es algo así como si fuera la primera vez que besas a una chica. Sólo que en ese caso te juegas un bofetón y aquí te juegas la vida. ¿Has entendido, muchacho?

—Sí, tío —aunque no capté muy bien la relación entre lo del beso y la selva, ni tampoco por qué Sebastián había tenido aquella extraña asociación de ideas—. Te prometo que tendré tantos ojos como Argos y que vigilaré los cuatro costados de mi persona.

Esto último lo dije con un tono valentón que intentaba ocultar el miedo que sus palabras y el amanecer que se acercaba por el este me inspiraban.

—¿Quién es Argos? —preguntó. Se me había olvidado que Sebastián no era un hombre de letras, sino de acción y que no había estudiado cultura clásica en la escuela.

—Es un personaje de la mitología clásica que tenía cien ojos —respondí orgulloso de poder enseñarle algo a mi tío y demostrarle que en algún tema yo sabía más que él.

—¿Ah, sí? Pues vigila como Argos a partir de mañana y acuérdate de que Jasón y los argonautas pasaron muchas peripecias hasta alcanzar el vellocino de oro.

Lo dijo mientras me daba unas palmaditas en la espalda. Me había dejado desarmado una vez más con aquella alusión a la expedición de los argonautas, que también pertenecía a la mitología griega. Sebastián era una caja de sorpresas. Lo miré frunciendo el ceño y torciendo la boca hacia la mejilla izquierda. Seguramente era mucho más culto de lo que por alguna extraña razón quería aparentar. Me guiñó un ojo mientras me decía:

—Y no prometas nada. Acuérdate. No ates tu fuerza con promesas que no sabes si podrás cumplir, o te quedarás sin ella.

Cuando Sebastián hablaba de promesas y de fuerza, no entendía del todo el significado de sus palabras. Confiaba en que el ascenso a la montaña me mostraría de él más de todas aquellas cosas que guardaba escondidas en su particular caja de Pandora.

Yo confiaba en que Sandrine vendría a despedirse antes de comenzar la expedición; pero esperé en vano. Sandrine no se acercó a la casa desde el día de la aventura con el elefante. Yo tampoco me atrevía a visitarla: después del episodio de aquel beso fugaz, me daba vergüenza presentarme ante ella; no sé si por haberla besado o por haberla besado tan poco. Además, como la búsqueda del medallón no le hacía ninguna gracia, temía que pudiera tener una reacción poco romántica conmigo. Así que dejé pasar los días. La encontraría a mi vuelta de las Montañas de Cristal. Entonces, le diría todo lo que sentía por ella.

Al amanecer del día siguiente, mi tío condujo el camión hasta el final de la carretera. A partir de ese momento empezamos a adentrarnos en una selva por la que pocos hombres se habían adentrado; y seguro que ningún blanco de quince años como yo. Eso me hacía parecer ante mí mismo como muy valiente.

Llevábamos un buen equipo de montaña. Con Sebastián, con Henri y conmigo venían cinco hombres más. Todos cargábamos mochilas con tiendas de campaña, sacos de dormir, algo de comida y medicinas. También teníamos un machete cada uno para ir abriendo paso en la maleza y por si nos encontrábamos algún pequeño peligro inesperado (arañas, víboras...). Mi tío y Henri portaban además sendas escopetas por si nos topábamos con algún gran peligro igualmente inesperado. Entiéndase por gran peligro la presencia de leopardos, leones, elefantes heridos o cualquier otro animal salvaje que pudiera tener hambre justo en el momento de empezar a oler nuestra presencia. Todo eso era algo cotidiano para ellos, pero a mí me producía una mezcla de terror y fascinación que me erizaba los pelos.

Se hacía duro el ascenso a la montaña con la mochila de unos catorce kilos a cuestas. En las excursiones del colegio y del instituto no llevábamos más que los bocadillos, la fruta, la brújula y el chubasquero; aquí cada uno llevábamos algunas provisiones para al menos cinco días, más las partes correspondientes de las tiendas de campaña y todo eso. Después de cada excursión escolar acababa agotado, pero intentaba esconder mi cansancio para impresionar a Almudena. Pero ahora me encontraba en plena forma, no competía ni con Borja ni con Eduardo, ni tenía que quedar bien ante ningún chico de mi edad, sólo ante mí mismo. Con Sebastián no podía medir mis fuerzas: era mejor que yo sin ninguna duda, y lo mismo los otros hombres que nos acompañaban. Además, mi tío sabría comprender mi debilidad si en algún momento afloraba.

En cualquier caso, me sentía renovado: tres semanas sin hamburguesas ni comida preparada de lata, comiendo los sanos platos de Lise y haciendo ejercicio en plena naturaleza, lejos de las calles abarrotadas de contaminación, habían hecho maravillas con mi cuerpo. Mis granos habían desaparecido ya del todo, estaba moreno, mi estómago, prototipo de depredador de comida basura, se había vuelto musculoso, mis hombros se habían ensanchado, mis pulmones también y ¡había crecido cinco centímetros! Y además, Sandrine ya me gustaba más que las patatas fritas.

Sí, mi cuerpo había cambiado y mi cabeza también. Empezaba a diferenciar lo que tiene importancia de lo que no la tiene. Empezaba a conocer el bosque, empezaba a conocer a mi padre y empezaba a conocerme a mí mismo. La cima de la montaña haría el resto y bajaría de ella convertido en una persona nueva. Estaba seguro de ello.

Con ese entusiasmo fui subiendo el monte, abriéndome camino con el machete entre el follaje o ayudándome de las manos para superar algunos riscos. El espíritu del bosque, el de mi padre y, por descontado, la serena presencia de Sebastián no dejarían que nada malo me ocurriera. ¡Ah, y el medallón que estaba a punto de recuperar!

18

Un objeto misterioso en medio de la selva

Íbamos cortando hierba con los machetes. En África, las plantas tienen las hojas tan largas y altas que se te meten en los ojos y te dejan tuerto si no tienes cuidado. Por eso es importante apartarlas y segarlas, sin fiarte de lo que hayan podido hacer los compañeros de expedición delante de ti. Yo iba detrás de mi tío y delante de Henri, así que me sentía bien protegido; de todos modos, y como Sebastián me había aconsejado, mis ojos miraban hacia todas las direcciones por si acaso. ¡Todos los ojos de Argos eran pocos, otra vez!

Aunque pendiente de mis verdes alrededores, mi cabeza no hacía más que pensar en el medallón de mi padre y en sus últimos minutos de vida. Seguramente, aquella selva que intentábamos atravesar era una de las cosas que sus oscuros ojos habían contemplado desde la altura antes de cerrarse para siempre. Se me nubló la vista con un visillo lacrimoso al pensar en ello. Tenía que ser fuerte, pensé, estaba a punto de llegar al lugar donde lo había encaminado su destino. Y estaba también a punto de buscar y tal vez de encontrar aquel medallón con la muela del leopardo, idéntico al de mi tío y que había sido la prueba de su valentía juvenil. Yo también quería conseguir aquel medallón para demostrarles a todos que también yo, con mis quince años, era un valiente. Primero a Sebastián y a Henri, que iban a ser testigos. Luego les contaría la aventura a los abuelos, que iban a estar orgullosísimos de su nieto, a mamá, que se asustaría y se echaría a llorar, a Sandrine, cuyos sentimientos sobre la búsqueda del medallón eran demasiado contradictorios como para estar contenta, y por fin, a Almudena, que se quedaría impresionada y enamorada de mí para siempre. O quizás no, ella nunca sabría lo que era pasear por la misma jungla que mi padre había sobrevolado poco antes de morir.

Empezaba a pensar que en el fondo la búsqueda del medallón sólo serviría para demostrarme a mí que era capaz de algo más que de navegar por Internet, que también podía navegar por la selva de verdad, no sólo por la selva virtual de los videojuegos. Tal vez era eso lo más importante. Y tal vez Sandrine tenía razón al rechazar la expedición. Era un orgulloso, un imbécil engreído, no un valiente. En aquel momento me sentí como una mierda que estaba obligando a siete hombres a correr peligros en una zona desconocida de la selva para satisfacer mi capricho de niño mimado. Pero no, no podía ser verdad, yo no era así de egoísta. Lo que de verdad quería era recuperar aquello que había pertenecido a mi padre, tener algo importante de él, poderlo tocar y colgarlo de mi cuello. El recuerdo de papá me hizo seguir adelante y no caerme mareado por sentirme culpable de toda la movida que había originado mi deseo. Detrás y delante de aquel deseo se escondía mi necesidad de sentirme cerca de su memoria y de su vida.

En estos pensamientos estaba mientras cortaba hierbas a mi paso, cuando de pronto el machete chocó con algo duro que desde luego no era ninguna hoja verde. Al principio pensé que era un viejo tronco seco. Me acerqué y lo que vi me hizo dar un salto hacia atrás y lanzar un grito tan despavorido que sobresaltó a todo el mundo. Hasta los pájaros más confiados ante nuestra inofensiva presencia salieron volando de las copas de los árboles, provocando un nuevo sonido con su asustado revoloteo.

—¿Qué ha pasado? ¿Qué has visto? ¿Algún animal? —preguntó Sebastián al acercarse corriendo con su escopeta, ya preparada para disparar si se cernía algún peligro sobre mí.

Yo no podía articular palabra, solamente y a una prudente distancia le señalé con mi mano izquierda (en la derecha seguía llevando el machete, que no sé cómo no se había caído con el susto) aquello que se escondía entre la maleza y que me miraba fijamente con cara de enfado.

Sebastián y Henri cortaron el follaje que lo rodeaba e hicieron un pequeño claro. Ahora se podía ver bien y con la luz todavía impresionaba más.

Era una figura de medio metro más o menos. Representaba una cabeza y un tronco humanos, de ojos grandes y redondos, con una boca abierta que enseñaba los dientes con un gesto amenazante hacia los que la mirábamos. Estaba hecha de madera oscura, sobre la que quedaban aún algunos restos de pintura roja y blanca en ojos y boca. ¡Era monstruosa! ¡Y cómo me miraba especialmente a mí! La cabeza estaba rodeada de una especie de corona que la circundaba de oreja a oreja. La parte de abajo, tan cercana a la humedad de la tierra, se había ido pudriendo y parecía carcomida. Todo esto lo pude ver desde la distancia en que me había quedado después del salto, pues no había osado acercarme ni un centímetro más.

—¡Aquí hay otra, patrón! —gritó Henri, que se había alejado unos tres metros de allí al creer vislumbrar algo igualmente extraño.

—Y otra aquí —comentó otro de mis compañeros.

Yo miraba la figura de la boca abierta con mis ojos cada vez más grandes y sin sonrisa alguna en mis labios. Luego miraba a Sebastián, que inspeccionaba el hallazgo todo excitado. Así varias veces, mi mirada iba de la figura a Sebastián y luego hacía el camino inverso, hasta que por fin:

—Nos hemos topado con un antiguo cementerio *fang*. No pasa nada —yo estaba alucinado de ver cómo Sebastián se había tomado aquel inesperado encuentro; él estaba fascinado y emocionado mientras que yo estaba asustado—. Son piezas fascinantes. Cualquier museo pagaría un dineral por estas joyas arqueológicas. Deben de tener varios siglos de antigüedad. Estamos ante auténticas obras de arte, Benjamín. Pero será mejor que nos vayamos de aquí y no molestemos a los espíritus de los aquí enterrados. Podrían tomárselo a mal y hacernos alguna faena durante nuestro viaje.

Sebastián vio mi cara de susto crónica desde hacía unos minutos. Me rodeó la espalda con su musculoso brazo, mientras yo sudaba y sudaba de la impresión.

—No te preocupes, Benjamín. Es sólo un cementerio. Hace años, los *fang* enterraron aquí a sus jefes. La selva ha crecido y ha tapado las tumbas. Eso es todo. No son tumbas fantasmas ni nada raro. Un cementerio normal y corriente, sólo que africano y viejo.

—Pero, tío, ¿por qué tienen esas caras tan feas? ¿Para asustar? Parecía que la estatua me mirara amenazante por haberla descubierto.

—Vamos, pequeño —seguía odiando que me llamara así, era casi lo único que me molestaba de Sebastián—, lleva años, tal vez siglos mirando de esa manera; no es nada personal, bobo. Además, es una obra de arte. ¿Sabías que los artistas modernos se interesaron muchísimo por el arte africano? ¿Y que Picasso tenía una colección de máscaras y de esculturas de este tipo realmente asombrosa? ¿A que no lo sabías, eh? Pues sí, así era. Así que a ver si vas aprendiendo también a diferenciar arte de lo que no lo es.

—Patrón —dijo Henri—, mejor será que nos vayamos de aquí cuanto antes. Éste no es un buen sitio para estar. Los antepasados se pueden molestar si perturbamos su descanso. Además, los hombres se están poniendo nerviosos.

Henri y los demás pertenecían a la etnia *fang*, y aquellas tumbas podían pertenecer a alguno de sus ancestros.

—Sí, Henri, vámonos ya. Esta noche cuando acampemos te contaré algo muy interesante sobre lo que hemos visto y que tú has descubierto —me aseguró mi tío.

Me quedé mosqueado, no sabía si tenía o no ganas de oír aquello tan interesante que Sebastián tenía que contarme. Y además de noche. Y además en medio de la selva. Y además cerca de un antiguo cementerio *fang* lleno de esculturas de madera de ojos redondos y dientes amenazadores. Quizá fuera mejor que mi tío se estuviera callado. Pero no, no se estuvo callado. Aquella noche tenía ganas de hablar y de contarme los ritos funerarios de los *fang*.

Acampamos ya en la ladera de la montaña. Hicimos un fuego de campamento bajo las estrellas. Utilizamos unas cerillas muy largas cuya llama se podía mantener casi hasta que se encendía la hoguera.

—Son típicas de los marineros, las utilizan para encender sus cigarrillos en medio de las tempestades, son de larga duración —me dijo Sebastián mientras iba haciendo la fogata. Se notaba el frescor de la montaña, y por la noche era agradable estar cerca del calor del fuego. Claude había cazado un mono y lo asamos para cenar. No había otra posibilidad de comer caliente, así que engullí mi parte del pobre macaco. Me acordé de una de las películas de Indiana Jones y mastiqué y tragué sin ganas, pero con hambre, después de una caminata de más de treinta y cinco kilómetros.

Para rematar la faena, el tío empezó a contarme lo del cementerio cuando empezaba a digerir el simio.

—Todavía hoy los *fang* entierran a sus jefes y a los guerreros valientes de esa forma. Hacen una escultura de madera que recuerda de un modo u otro al muerto. Si tenía los ojos grandes, pues los exageran, lo mismo con la boca o con la nariz, de forma que mantiene algo de su identidad. Luego la clavan sobre la tierra que cubre al difunto, hasta que la parte inferior de la estatua toca el cuerpo. Por eso, ya has visto que todas las figuras tenían la zona de abajo un poco descompuesta, como carcomida.

—Sí, pero eso era por la humedad de la tierra, ¿no? Allí entraba poca luz y todo debe estar muy mojado. La humedad pudre la madera —dije todo orgulloso de mi explicación científica, aprendida en mis clases de ciencias de tercero de la ESO.

—Sí, es cierto que el agua suele pudrir las maderas. Pero no ese tipo de madera. Se llama *dousie* y es algo así como impermeable, ni se puede quemar ni se puede pudrir con la humedad. De lo contrario, toda la figura estaría podrida y no lo está. La razón es —Sebastián me contaba todo esto con voz muy baja— que el cuerpo en descomposición del muerto contagia su putrefacción a la madera, y ésta se pudre en las partes que entran en contacto con él.

Me imaginé la escena. Noté cómo el mono se revolvía dentro de mi estómago y empujaba por salir en contra de las leyes de la gravedad. Lo consiguió. Y así volvió a la tierra en la que había estado paseando unas horas antes. Si Claude no lo hubiera cazado, el pobre seguiría vivo y yo no lo habría vomitado.

Pasé otra noche casi sin dormir. Cuando cerraba los párpados lo único que veía era aquella horrible figura de madera carcomida con sus abiertos ojos amenazadores. Se me volvía a remover el estómago. Pensé que era mejor estar despierto y escuchar el silencio de la noche, sólo roto de vez en cuando por los ronquidos de Henri y Armand, que me hicieron recordar a María y mi intento de subir al desván de casa. ¡Qué lejos quedaba Madrid y mi hogar ahora! Ellos y los demás dormían a pierna suelta, como si no hubiéramos visto todos las mismas figuras aterradoras. Sebastián empezó la guardia, luego se fueron turnando. A mí me dejaron dormir. No les quise defraudar, pero yo podía haber estado toda la noche de vigilancia porque no pude conciliar apenas el sueño, de terror que tenía. Me faltaba mucho para parecerme a mi tío y a mi padre. Esperaba que el medallón me ayudara a ser valiente. De momento, sólo conseguía vomitar cuando tenía miedo o estaba ante una situación que no podía controlar. Exactamente igual que cuando era pequeño.

19

El sonido de unos tambores fang

Desde aquel extraño día en el que Paul había aparecido sin algunas partes de su cuerpo, yo no había vuelto a oír hablar de las ceremonias secretas de la tribu *fang*. No hasta aquella segunda tarde alrededor de la hoguera del campamento, cerca ya de la cima. Habíamos comenzado el ascenso de las Montañas de Cristal, y desde las laderas habíamos visto manadas de gacelas corriendo todas con los mismos movimientos, como las bandadas de pájaros. También habíamos divisado una laguna que desde la altura parecía rosa, porque estaba invadida por flamencos rosas, que parecían teñir el agua.

El paisaje era maravilloso desde las montañas, todo se iba viendo más pequeño y más grande a la vez. Era extraño, pero hermoso. Animales que yo nunca había visto más que en los documentales de la televisión y en los libros estaban ahora allí, al pie de las colinas.

El segundo día transcurrió tranquilo y, pese a mi excitación por lo cerca que estábamos ya del medallón, pude disfrutar de la naturaleza africana. Así llegó el atardecer, y volvimos a acampar, esta vez ya en las laderas, a unos seiscientos metros de altura. Al día siguiente llegaríamos a nuestro destino.

Henri se acercó cautelosamente a Sebastián. Acababa de encender el fuego. Su cara mostraba el mismo semblante, grave y ceniciento, que el día que contó en el despacho la desgracia de Paul. Esta vez no pude oír de qué hablaban; sólo vi el movimiento de sus asustados labios. Por la cara de Sebastián pasó una sombra de preocupación. En aquel momento me miró y me pidió que me acercara.

Lo hice y a cada uno de mis pasos iba imaginando mil cosas distintas sobre qué demonios podía estar ocurriendo y que contrastaban con el día tan sosegado y alejado de aventuras que habíamos tenido. Nada bueno pasó por mi cabeza en aquellos instantes. Los catorce pasos que di hasta llegar a ellos se me hicieron eternos. Tal era mi curiosidad y mi temor ante lo que podía avecinarse.

—Benjamín, ¿te acuerdas de los *fang* y de lo que te conté sobre ellos? —asentí con mi cabeza—. Pues bien, no estamos lejos de una de sus tribus más primitivas. Henri ha oído tambores. ¿Sabes? Tienen diferentes ritmos para cada tipo de ceremonia. Henri ha oído que hace un momento estaban tocando el ritmo que usan para la caza del hombre. ¿Entiendes lo que eso significa?

—¿Quieres decir que saben que estamos aquí y que quizás quieran venir a por alguno de nosotros para hacerle lo mismo que le hicieron a Paul o algo peor?

—Podría ser —respondió mi tío—, aunque no lo creo. Supongo que saben que somos bastantes y que estamos armados. No creo que se atrevan a acercarse demasiado.

—¿Por qué crees que ellos conocen todo eso? —pregunté ingenuamente.

—Tienen rastreadores que vigilan sus tierras. Saben cuándo hay forasteros cerca, gente ajena a ellos. Además, tú y yo somos blancos; ellos tienen muy desarrollado el sentido del olfato y notan enseguida el olor del hombre blanco.

—¿Olemos diferente? —Me parecía que cada segundo que pasaba en la selva aprendía algo nuevo.

—Todos tenemos un olor, sólo que no lo notamos. Tú hueles de una manera, yo huelo de otra. Henri de otra. Incluso Almudena huele. Y Sandrine... Los *fang* tienen el olfato más desarrollado. Verás, Benja, aquí se necesita ampliar cada sentido mucho más que en la ciudad, donde todo está calculado. En la selva es imprescindible reconocer los cambios de olor que hay a tu alrededor para sobrevivir. Las alteraciones pueden ser decisivas para salvar la vida. La muerte y la vida pueden depender de tener o no desarrolladas ciertas sensibilidades.

Me pareció interesante la digresión de Sebastián sobre los olores. En otro momento me habría incluso gustado oírla. Pero a mí lo único que me preocupaba en ese instante era saber si los *fang* me iban a cazar precisamente a mí para arrancarme los ojos, la lengua y quién sabe qué otras cosas. El temor me volvió a producir un sudor frío, como el que me había invadido una semana antes cuando oí lo que oí. Volvía a ver en mi imaginación las caras pintadas de blanco y rojo que me perseguían y amordazaban en mis pesadillas. En ellas quería gritar, pedir ayuda, pero no podía. En la realidad también hubiera querido gritar y salir corriendo, pero habría sido peor, me habrían cazado enseguida. Todos estos pensamientos pasaron por mis neuronas en pocos segundos, tres aproximadamente.

Sebastián, de nuevo, se dio cuenta de mis miedos e intentó tranquilizarme: me puso su mano izquierda sobre mi hombro, me ofreció un trozo de coco que acababa de pelar y, mientras me lo comía, me fue diciendo:

—Benja, no te preocupes tanto. Ya sabes dónde estás. Esto no es McDonald's ni tu barrio de Madrid; estamos en plena selva africana, rodeados de bosque, animales y tribus con ritos mágicos muy lejanos de nuestras misas, te lo puedo asegurar. Tú eres un chico valiente, ¿no? Además, majo, te recuerdo que si estamos aquí es para cumplir tu deseo, ¿o es que no te acuerdas?

Claro que me acordaba. Aquellas palabras hubieran parecido un reproche, si no hubieran ido acompañadas por la sonrisa de Sebastián, que se estaba comiendo tranquilamente su trozo de coco.

—Y otra cosa —continuó—: eres demasiado blanco para los *fang*. Si quieren cazar a alguien esta noche, no va a ser ni a ti ni a mí.

Puse cara de preguntarme por los demás. Vale, quizás a nosotros no nos quisieran por ser blancos, pero ¿y nuestros compañeros negros? Ellos estaban en peligro. Me acordé de Paul, que aún seguía en el hospital de Lambarené, recuperándose de las mutilaciones rituales que había sufrido y que quizás le habían hecho los mismos que habían tocado los tambores muy cerca de nosotros. Por supuesto, mi tío me volvió a leer el pensamiento y dijo:

—Sé lo que está pasando por esa cabecita tuya. Nadie de esta expedición va a sufrir ningún ataque de los *fang*. Estamos juntos, somos un grupo compacto, y eso nos hace fuertes. No olvides esto nunca. Ellos buscan siempre hombres solos en el bosque, más vulnerables en soledad, o niños indefensos perdidos en la selva, como Paul. Nunca atacan a grupos. Saben que pueden salir perdiendo. Así que puedes dormir tranquilo, Benja. Te aseguro que nada va a pasarle a ninguno de nosotros.

No sé si Sebastián logró conciliar el sueño o si sólo me había dicho aquello para tranquilizarme; el caso es que lo consiguió. Casi me convenció, aunque una vez que me levanté a orinar, le vi haciendo guardia con el rifle. No dejé que me viera. Como siempre, sus palabras y su presencia me daban seguridad, incluso en medio de todos los peligros que pudiera haber. Mi mente pudo controlar las imágenes macabras que pugnaban por introducirse en ella. Estábamos tan cerca del lugar donde nos esperaban los restos de la avioneta, y por tanto el medallón, que mi excitación casi logró esconder mis preocupaciones sobre la proximidad de los *fang* y de sus tambores.

20

Una serpiente que resucita

Los demás se fueron turnando para hacer guardia por la noche. A mí, como era pequeño, me dejaron dormir de un tirón, igual que ya había ocurrido la noche anterior; era una de las pocas ventajas de que a uno lo consideraran aún demasiado joven para algunas cosas.

Los *fang* no nos atacaron, como Sebastián había supuesto; pero nos dejaron una tarjeta de visita: nos robaron una de las mochilas y nos dejaron una lanza clavada en el tronco de un árbol que estaba junto al campamento. Uno de los guardianes se había dormido durante su turno y habíamos estado en peligro. Por supuesto ninguno lo reconoció; todos se mostraron indignados y sorprendidos y juraron que habían estado muy despiertos. Pero el cansancio había vencido por encima del miedo. Incluso podía haber sido mi tío el que se hubiera rendido al sueño, aunque no lo creo. O tal vez tuviéramos un espía entre nosotros. Eso nunca lo sabríamos. Henri y los otros hombres pertenecían al mismo grupo étnico que los *fang* y alguno podía estar compinchado con los de la otra tribu. Nunca supimos qué fue lo que pasó, y durante el resto de la expedición no volvimos a tener ningún contacto con otras personas ajenas a nuestro grupo. Y tampoco volvimos a hablar de ello.

Poco después del amanecer, reanudamos la marcha y emprendimos ya el ascenso final hacia la cima. Las Montañas de Cristal no forman una cordillera muy alta, miden poco más de novecientos metros. Teníamos que subir en total un desnivel de unos setecientos metros según los mapas de Sebastián y los cálculos de Henri. Para aquella última jornada sólo nos quedaban unos trescientos metros, pero iban a ser los más difíciles. Para gente acostumbraba al senderismo no es una gran altura, pero, claro, sin sendas, con toda la vegetación tropical y un calorazo insoportable, la tarea se presentaba dura. Y por supuesto, como la idea había sido mía y todo se hacía por mi causa, en ningún momento se me ocurrió protestar. Me limitaba a beber agua de mi cantimplora, a escurrir la camiseta de sudor y a ir abriendo la boca cada vez más para poder respirar.

Había tramos de cuestas muy empinadas, y en muchos momentos teníamos que ayudarnos con las manos para ir trepando por las rocas. Dos veces se me descolocó la mochila, que era vieja y poco apropiada para ese tipo de aventura, y por poco me caigo por un terraplén. Se me hicieron ampollas en las manos de tanto agarrarme en la piedra dura, y en los pies. Pero seguí adelante, aunque en algún momento me pregunté qué hacía yo allí, pudiendo estar bebiendo algún zumo de frutas de los de Lise o paseando con Sandrine; pero debieron ser pensamientos muy fugaces, pues mi deseo por alcanzar la cima y el medallón de papá estaban muy encima de cualquier incomodidad en el ascenso.

A medida que íbamos subiendo, las plantas eran menos frondosas y el peligro de encontrar animales salvajes descendía. Por allí arriba no había leopardos ni elefantes ni nada parecido. Pero sí serpientes que buscaban la temperatura ligeramente más fresca que íbamos alcanzando. ¡Y vaya susto que nos dimos por culpa de una de ellas! ¡Cómo me acordé de Sandrine en aquellos momentos!

Estaba yo trepando por una escarpada roca con pies y manos, como podía, cuando de pronto mis ojos se toparon con otros mucho más pequeños que me miraban fijamente. Eran dos ojillos que estaban enmarcados en una cabeza del tamaño de mi mano, que continuaba en una cola muy larga de color marrón, prácticamente del mismo tono que la tierra. La cabeza en cuestión me empezó a sacar una lengua bífida y a enseñar unos colmillos más que afilados. Me quedé quieto. La serpiente estaba tan bien camuflada que mi tío, que iba delante de mí, no la había visto. Henri, que iba detrás, se percató de lo que pasaba y con un silbido hizo una señal a Sebastián. Me caían las gotas de sudor por las patillas, y un hilillo de moquita me iba resbalando desde la nariz; pero yo seguía inmovilizado. Un movimiento brusco podía ser fatal. Oí cómo Sebastián volvía lentamente sobre sus pasos, silencioso como un animal salvaje a punto de alcanzar su presa. Desde mi posición rampante en la roca, oí cómo cargaba la escopeta y rápidamente un tiro sonó a veinte centímetros escasos de mi cara. Le había dado de lleno en la cabeza a la culebra, que ahora estaba allí, tan quieta como antes, pero mucho menos amenazadora.

Sebastián la cogió del cuello y la levantó en el aire. Yo le seguía mirando aterrado.

—Hay bastantes de éstas por aquí —dijo—. Se llama mamba y es muy peligrosa. El veneno actúa tan rápidamente que hay que poner el antídoto enseguida. Si no, uno se muere casi sin darse cuenta.

El comentario de mi tío no me alivió. Me entraron ganas de vomitar, para no variar. Había estado a punto de morirme unos segundos antes. Seguía allí, en la misma posición, a cuatro patas encaramado a la roca. Mi tío de pie un metro más arriba. La serpiente en su mano. De repente, empezó a moverse y a dar fuertes golpes a Sebastián con la cola. ¡No estaba tan muerta como todos habíamos creído! Se enroscaba en la cintura de Sebastián con violencia. Yo continuaba sin poderme mover. El corazón me palpitaba muy fuerte; intenté subir, pero me resbalé y me golpeé la rodilla. Volví a trepar y esta vez sí conseguí llegar arriba. Mi tío tenía atrapada la cabeza de la serpiente y la retorcía con todas sus fuerzas para acabar definitivamente con ella. Yo cogí la cola y probé a desenroscarla del cuerpo de Sebastián, pero se agarraba con tal fuerza que mis todavía enclenques brazos no lo conseguían.

—El machete, deprisa —gritó mi tío con la voz entrecortada.

Entonces lo entendí, saqué mi cuchillo del cinturón y le di un golpe en el cuello a la dichosa mamba que le separó la cabeza del resto del cuerpo. Quedó inmovilizada y se fue desenroscando despacio del cuerpo de Sebastián. Salía sangre de uno de sus dedos.

—¡Dios mío, tío, te ha mordido!

—No, no me ha mordido. Has sido tú con tu machete, Benjamín. Casi me rebanas un dedo. La próxima vez pon un poco más de cuidado.

—Pero, tío —protesté—, te he salvado la vida. ¡Esa serpiente ha estado a punto de...!

—Vale, vale, Benjamín. Has sido un chico valiente. Ya sabes, en la selva siempre se está a punto de morir y hay que saber reaccionar a tiempo. Tú lo has hecho y me has salvado. Estoy orgulloso de ti. Nadie lo habría hecho mejor que tú. Lo del dedo... era una broma. Es sangre de la serpiente, no mía. El tajo con el machete ha sido certero. Lo has hecho muy bien.

Me rodeó con su poderoso brazo mientras revolvía mi pelo con la otra mano. Tenía una extraña sensación: por una parte me sentía satisfecho conmigo mismo por haber salvado a mi tío; por otro lado me parecía que, simplemente, Sebastián me había puesto a prueba; como si él quisiera demostrarme todo aquello de lo que yo era capaz y que no me creía. No lo supe entonces y aún hoy después de tantos años sigo sin saber si lo de la serpiente fue una aventura real o un juego de Sebastián para enseñarme que estaba creciendo. La verdad era que en aquellos momentos, aunque aterrorizado, me había podido mover y saltar hacia la serpiente. Era como si él fuera buscando caminos y situaciones para que yo fuera perdiendo mis miedos y mis inquietudes. Si así era, lo estaba consiguiendo. Después de aquello me sentía ya con fuerzas para hacer casi cualquier cosa, y estaba seguro de que conseguiría encontrar el medallón.

21

En la cima de la montaña

Seguimos escalando durante tres horas más, hasta que por fin llegamos a la cima.

El día del accidente, aquella terrible tormenta se había desencadenado cuando mi padre estaba sobrevolando la montaña. Perdió el control de la avioneta justo al lado de la cima. La visibilidad era nula y no pudo esquivar aquellas mismas abruptas rocas por las que estábamos subiendo en aquellos momentos. Cuando llegamos, el sol estaba en su cenit e iluminaba el valle. A pocos metros, divisamos los restos del aparato, unos cuantos hierros que todavía conservaban algunos restos de pintura blanca y que brillaban tanto que hacían daño a los ojos sólo con mirarlos. No podía creer que estaba allí, pisando aquellas mismas piedras que habían causado la muerte de papá, y en un día tan claro. «Si el día fatídico hubiera sido como éste, papá aún estaría vivo», pensé. Me sentía estremecer al estar allí y contemplar el que había sido el último lugar que había visto vivo mi padre. Se me inundaron los ojos de unas lágrimas que yo no quería que salieran, pero que salieron justo cuando Sebastián se acercó a mí.

—Es el sol, tío, ¡cómo deslumbra aquí arriba! —pude articular difícilmente y con una voz triste, muy triste.

—No tienes que disimular, Benjamín. La presencia de este lugar es dura para todos nosotros. Henri y yo llegamos los primeros para intentar el rescate. Tu padre estaba atrapado en esta parte del avión —dijo mientras andábamos entre los restos de la cabina, oxidada ya por el tiempo y las lluvias—. Cuando me acerqué todavía tenía la esperanza de que estuviera vivo. Le puse mi mano en la cara, pero estaba frío, muy frío, tan frío como sólo los muertos pueden estarlo. Entonces me di cuenta de que todo estaba perdido y de que nos había dejado para siempre.

Sebastián me sonrió con los ojos humedecidos mientras recordaba aquel momento que había sido uno de los más difíciles que había vivido, si no el que más.

—Ahora tu padre está con los espíritus de la montaña y del bosque —comentó Henri, que se había acercado a nosotros—. Nunca nos ha dejado del todo y nunca lo hará.

Mi tío lo miró entre escéptico y resignado, y respondió:

—Esté donde esté, te protege. Un padre cuida de sus hijos incluso después de muerto.

Y se volvió de espaldas a nosotros, a mirar el valle por el que correteaba un grupo de antílopes, ajenos al leopardo que los estaba acechando.

Mi corazón palpitaba con fuerza. Eran demasiadas emociones seguidas para un solo día. Primero la serpiente, luego la escalada por las rocas, ahora enfrentarme al lugar donde había muerto mi padre. ¡Era todo tan extraño! Me acordaba de cuando Sandrine me contaba que papá le había salvado la vida en el lago. ¡Todo me parecía tan injusto y absurdo! Él, que había salvado la vida de otras personas, que iba a

Lambarené el día del accidente a comprar medicinas para los demás, había muerto de aquella manera... Por primera vez me enfrentaba a la realidad. Dos años antes, su muerte no había sido nada más que una llamada telefónica a las cuatro de la mañana, un ataúd que llegaba al aeropuerto, un funeral con muchas flores..., algo muy poco real, tan protegido estaba yo por mamá en la casa de Madrid; después ella había intentado que lo olvidara para que no sufriera tanto el hecho de criarme sin un padre, sin mi padre. Ahora por fin estaba en el sitio y revivía el momento. Y me dolía, pero sentía que era bueno que me doliera. Era como si todo volviera de nuevo, no sólo su muerte, sino también su vida; hasta su sonrisa volvía a mí y su amor por la vida, por la suya y por la de los demás. Allí, en la cima de la montaña, podía experimentar la intensidad de su presencia. Me sentía grande y pequeño a la vez: grande porque había logrado mi objetivo, había conseguido subir a aquel monte y recuperar el recuerdo de papá; y pequeño, muy pequeño a su lado, que sentía tan cercano, y al lado de todo lo que me rodeaba: la montaña, el valle, el sol, el cielo... Yo no era casi nada, sólo algo muy insignificante ante la grandeza del mundo, ante los misterios de la vida y de la muerte. Entonces, sólo entonces, me acordé del medallón. El medallón, que no era nada más que un objeto, después de todo. En aquel momento lo comprendí. Recuperar a papá era otra cosa que recobrar una cosa suya: era estar allí y revivir su memoria.

Miré entre los restos de la avioneta sin el afán que había imaginado cuando fantaseaba frívolamente sobre el apasionante instante de encontrar la joya. Mi tío me vio merodeando entre las chapas y se me acercó, adivinando quizás que, sin hallar el medallón, había encontrado lo que buscaba.

—¿Estás buscando el medallón de tu padre, Benjamín? —me preguntó en un tono grave. Me giré sin contestarle. Sentí que había crecido durante aquella ascensión. Sebastián se me acercó y se empezó a desabrochar la cadena que rodeaba su cuello—. No lo encontrarás ahí, entre la chatarra... Esto es lo que estabas buscando desde que llegaste. —Entonces me puso su medallón alrededor de mi cuello. Me quedé callado y sorprendido—. Éste es el medallón de tu padre. Ha estado colgado en mi pecho desde que él murió. Cuando me acerqué y comprobé que estaba muerto, lloré mucho a su lado, tanto que mis lágrimas mojaron su rostro, tan seco y helado. También yo necesitaba algo suyo para notarlo cerca de mí, para creer que no se había ido del todo. Todavía llevaba puesto el medallón. Me quité el mío y lo guardé en mi bolsillo. Cogí el suyo y me lo colgué al pecho, muy cerca del corazón. Ha estado conmigo día y noche desde entonces. Me ha ayudado a tener a mi hermano junto a mí. Ahora es tuyo. Te lo has ganado. Tu padre estaría orgulloso de que lo llevaras.

—Pero..., no entiendo nada, tío —estaba tan confuso que no podía pensar y tampoco sabía qué decir—. ¿Éste es el medallón de papá? ¿Por qué hemos venido hasta aquí para encontrar algo que tú sabías que no existía? ¿O al menos que no existía aquí? Toda esta expedición, estos peligros para...

—¿Para nada? ¿Ibas a decir para nada? Te equivocas, Benjamín. Si te hubiera dicho que éste era el medallón de tu padre, no habríamos venido. Tú te habrías conformado con el objeto y habrías perdido todo esto. Tendrías un colgante original, pero no tendrías a tu padre y seguirías siendo un crío. Ahora hay muchas cosas que entiendes que antes no entendías; de otra manera, todo hubiera seguido siendo casi igual. Tenías que hacerte merecedor del medallón de tu padre y lo has hecho. Has aprendido a ser valiente, has conocido lo que es de verdad la fuerza y has empezado a distinguir lo que es importante de lo que no lo es. Ahora puedes tener el medallón. Ahora es tuyo. Antes sólo hubiera sido un regalo.

—Entonces, ¿todo esto ha sido una prueba? —Estaba demasiado confundido para comprender todo lo que Sebastián me estaba diciendo.

—Podemos llamarlo así, si quieres.

Acariciaba con mis dedos el ansiado medallón, que había estado siempre tan cerca y tan lejos a la vez. No sabía si sonreír o si echarme a llorar. En ese momento me acordé:

—Pero, ¿y el otro medallón? Tú dijiste que había dos. ¿Dónde está el otro? ¿El tuyo?

Sebastián me miró con esa sonrisa suya tan enigmática y dulce, me tocó el hombro con aire de complicidad; mientras se alejaba me contestó con una frase que había pronunciado alguna que otra vez antes, y que subrayaba ese aire de misterio que siempre le rodeaba:

—No quieras saberlo todo, Benjamín, no quieras saberlo todo ahora. Algún día, tal vez.

Me lo quedé mirando, miré aquel medallón que se balanceaba en mi pecho. No sé por qué me acordé del jarabe de rosas y de Sandrine. Me había quedado casi mudo después de todo aquello, así que sólo pude decirle:

—Gracias, tío, por haberme traído aquí y haber hecho que encontrara de verdad a papá.

Se volvió, me miró con su media sonrisa y me lanzó un saludo con la mano derecha. No dijo nada. Siguió andando unos metros. Se sentó en una roca y se puso a contemplar el valle con el sol que empezaba a deslizarse por el tobogán del cielo. Aquella tarde no había ni nubes ni viento.

22

De vuelta a la casa del bosque

Tenía el medallón colgado del cuello. Días antes, cuando organizábamos la expedición, me imaginaba a mí mismo dando saltos de alegría y satisfacción cuando lo recuperara. En cambio, mi expresión y mis sentimientos no eran de loca y estúpida alegría, sino de una extraña serenidad. Sentía que había crecido durante el ascenso a la montaña. Lo había hecho interiormente, eso sin duda, pero quizás también en altura real. Pensé que me tenía que medir en cuanto llegáramos.

Tocaba el colgante y notaba el tacto duro y suave de aquella muela que había pertenecido a un leopardo, una vez lleno de vida y energía, como mi padre, al que luego había pertenecido, y como mi tío, y tal vez también como yo. Pensé en mi tío, que siempre lo había tenido en su poder sin decirme nada de él, para así hacerme conocer algunos de esos secretos de la vida antes de hacerme merecedor de llevar aquella prueba de valentía y de fuerza. Pensaba en mamá, en qué diría cuando me viera aparecer con el medallón balanceándose en mi pecho; tal vez estaría tan entusiasmada con el cirujano que ni siquiera se daría cuenta.

Pensé en Sandrine, que quizás sabía toda la verdad sobre el medallón y había sido cómplice de Sebastián todo ese tiempo. No pensé en Almudena, que se había quedado demasiado fuera de mi existencia durante aquellas semanas y que nada tenía que ver con mis nuevas experiencias y con el nuevo yo que estaba bajando en aquel instante de la montaña, y que había percibido un mundo con unos valores y unos conocimientos que le eran completamente ajenos y que todavía tardaría mucho en reconocer.

Mientras bajábamos la montaña empezó a nublarse rápidamente. De pronto, comenzó a llover. En verano nunca llueve en Gabón, la temporada de lluvias comienza en octubre y termina en mayo. Ninguno de los hombres recordaba que hubiera llovido jamás en esas fechas. La tormenta nos sorprendió tanto como debió de sorprenderle a mi padre la tarde del accidente. En medio del bosque, el sonido del agua en las hojas de los árboles no nos dejaba oír nuestras propias pisadas; incluso si hubiera habido algún animal en las inmediaciones no lo habríamos oído. Es otra de las razones por las que las tormentas son peligrosas en la selva.

Tuvimos que atravesar un río que no existía cuando subimos unas horas antes. El chaparrón había sido tan fuerte que se habían formado cascadas y el agua se deslizaba veloz por entre las piedras de un cauce que sólo se llenaba en la época de las lluvias, pero que por estas fechas solía estar seco. Había pequeñas grutas a cada lado del río; en una de ellas nos protegimos hasta que el aguacero paró y pudimos continuar el descenso. Aquellas cuevas minúsculas me recordaban las celdas en que vivían antiguamente los eremitas en Europa y de las que había oído hablar en la escuela y a un tío de mi madre que era fraile. Claro que en versión africana.

23

El reencuentro con Sandrine

Regresamos a casa dos días después. Por el camino nos encontramos con Pascal, que nos contó que Paul ya estaba de vuelta en el poblado. Tenía un ojo de cristal y parecía que la amputación de parte de su miembro viril no había dejado secuelas, o sea, que podría tener hijos y todo eso.

Lise y Sandrine nos esperaban en el porche. Habían oído el camión desde el interior y habían salido fuera a esperarnos. Lise se acercó a mí y me abrazó, emocionada, sin decir nada. Sandrine tampoco dijo nada y no se movió de la escalera en la que estaba sentada. Fui hacia ella y me senté a su lado. Pensaba que tal vez había estado preocupada por mí durante los días de la expedición. Me miró, aunque tenía su cabeza entre las rodillas, pero no pronunció ninguna palabra. Yo tampoco. ¡Con todo lo que quería contarle y me había quedado mudo! Además, empezaba a sospechar que ella sabía toda la historia del medallón, incluso que quizás conocía otros detalles que a mí todavía se me escapaban. Me quité la gorra y empecé a juguetear con ella entre mis manos. Estaba nervioso. Sandrine me la cogió, furiosa, y la lanzó al suelo; cayó tres escalones más abajo.

—Bueno, qué, ¿qué ha pasado? ¿Has encontrado lo que buscabas?

No entendía el porqué de su enfado conmigo, especialmente si era cómplice de mi tío. Así que le dije:

—¿Qué ha pasado? Pues que he encontrado el medallón. Míralo.

—¿Has encontrado el medallón? Mientes muy mal, Benjamín. Se te pone la nariz roja cuando dices mentiras. Yo también miento, pero a mí se me nota menos.

—Claro, aunque se te ponga la nariz roja, no se te ve, ¿verdad? Así que sabías que el medallón de Sebastián era en realidad el de mi padre.

—Sí, Benja, siempre lo he sabido. Aunque son casi iguales, hay algo que los diferencia. Mira, éste tiene los dos picos de la muela del mismo tamaño; en cambio, el otro tenía uno más grande. Aquella tarde, cuando tu tío bajó de la montaña con el cuerpo de tu padre, me di cuenta enseguida de que el medallón que colgaba de su cuello era el de Pablo. También él necesitaba algo suyo para conservarlo cerca —Sandrine hablaba mientras contemplaba cómo el lago iba tomando un color ambarino con la caída del sol—. La otra noche, cuando Sebastián me acompañó a casa, me contó que te entregaría el verdadero medallón cuando llegarais a la cima. Y veo que lo ha hecho. Enhorabuena.

—Sí. Pero dime, Sandrine, ¿por qué no te gusta todo esto? ¿Por qué estás irritada con todo este asunto? ¿Es porque he puesto en peligro la vida de todos, la de tu padre, la de mi tío, la mía?

—No, no es eso, Benjamín. La vida tiene muchos riesgos, y éste ha sido uno más. La vida es peligrosa en sí misma. No, no es eso. Es sólo que pensar en esa montaña, en la avioneta... es como revivir todo lo que pasó aquel día. Me pone triste recordarlo. Me duele por mí y por ti. Creo que yo habría hecho lo mismo que tu madre, intentar evitar que vivieras esos momentos terribles.

—Sandrine, por supuesto que no habrías hecho lo mismo que mamá. Tú sabes mejor que nadie que hay que afrontar los momentos duros, que no hay que volver la cara y mirar hacia otro lado. El dolor hay que pasarlo para poder superarlo; no vale dar un rodeo y esquivarlo, no, hay que vivirlo y conocerlo, para así poder ser más fuerte que él.

No me reconocía en mis propias palabras. Me encontraba allí, sentado en el porche, dejando que atardeciera sobre el lago, hablando a Sandrine con las mismas palabras que habrían utilizado mi tío o mi padre. Me pareció que era otra persona la que había bajado de las Montañas de Cristal, un Benjamín más sabio y mayor, que había aprendido algo de la vida y que, por primera vez, estaba enseñando ese algo a Sandrine. Se habían cambiado los papeles entre nosotros dos, aunque sólo fue por un instante. Sandrine enseguida se mostró como la chica vivaz y luchadora que era. Cambió de tema. Estaba claro que no quería seguir hablando ni del medallón ni de la montaña.

—Seamos fuertes, pues, Benjamín, y entremos a comer la cena que ha preparado mamá. Vas a probar un guiso de elefante exquisito. No hay nadie en todos los alrededores que lo haga como Lise. Te chuparás los dedos.

Esta vez no me entraron arcadas al pensar en lo que iba a comer. Sólo sentí compasión por el elefante que íbamos a devorar. Tenía demasiada hambre como para pensar en otra cosa.

Sandrine se adelantó para ayudar a su madre. Llegó Sebastián, que se había quedado en el camión comprobando el motor, que había estado haciendo ruidos durante el viaje de vuelta por la pista llena de baches.

—¿Qué? ¿Cómo está Sandrine?

—Todo este tema de papá la pone muy triste. Lo quería mucho y sufre al recordar su muerte. Está risueña y alegre cuando me cuenta las cosas que hacían juntos, pero se ensombrece cuando hablamos de la tragedia. Es normal. Estaban muy unidos.

—Claro que es normal, Benja, Sandrine adoraba a Pablo. Además, ella era una de... Bueno, nada.

—Una de qué... ¿Qué quieres decir?

—Nada, nada, ya te lo contará ella misma, si quiere. Nada importante. Ya sabes que le encantan los secretos.

Noté que Sebastián me decía con tono cómplice lo de los secretos para ocultar lo que había estado a punto de decirme. ¿Qué secreto de los de verdad guardaba Sandrine con respecto a Pablo y qué tenía que ver con su tristeza al recordar la tarde del accidente? Lo supe poco antes de volver a España.

24

A punto de volver a Madrid

Los días siguientes pasaron muy deprisa, y yo tenía que regresar a casa con mi madre. El instituto empezaría pronto; mi vida de siempre me esperaba. Había crecido unos siete centímetros, mi espalda se había ensanchado, tenía músculos desarrollados por todos los lados, los granos de mi cara habían desaparecido, estaba moreno y tenía el medallón de papá, con todo lo que eso significaba, sobre mi pecho.

La vida me sonreía, pero había algo que me sumía en la desesperación: tenía que dejar a Sandrine, dejaría de verla durante meses, tal vez durante años. Creía que no lo podría soportar. Estaba totalmente colado por ella. Ya no me acordaba de Almudena. Era Sandrine la que ocupaba todo mi pensamiento. La adoraba. Me iba ya al día siguiente y todavía no se lo había dicho. Además, durante los últimos días apenas había venido y, cuando lo había hecho, se había mostrado distante.

Llegó la tarde anterior a mi marcha. Esperaba que Sandrine viniera a despedirse de mí, pero nada, no venía. Fui al poblado, a ver si estaba en su casa, pero no estaba allí. Empezó a llover otra vez, inesperadamente, contra todos los pronósticos lógicos de los meteorólogos y de la ciencia. No sabía qué hacer. Tenía que verla antes de marcharme. Me imaginé que estaría en su escondite. No sabía bien el camino. Había estado sólo un par de veces con ella y no me había fijado bien, pero estaba seguro de que conseguiría llegar. Seguro que los espíritus del bosque y el medallón me ayudarían a llegar hasta la cueva.

La lluvia empezó a arreciar y el cielo comenzó a oscurecerse. Dentro de la jungla apenas se veía. Iba completamente calado y casi no veía por dónde pisaba, pero tenía que llegar hasta Sandrine. Oía los sonidos del bosque, ruidos de animales, las gotas de agua sobre las hojas. No tenía ningún miedo. O si lo tenía, mi deseo de encontrarme con Sandrine era superior.

Por fin llegué a la cascada. Entré en la cueva. Enseguida me di cuenta de que estaba iluminada, lo que quería decir que Sandrine estaba allí. Se giró al oír mis botas mojadas pisando el suelo de la gruta.

—¿Quién anda ahí? ¡Ah, Benja, eres tú! ¡Qué susto!

—¿Acaso no me esperabas? Me voy mañana. ¿Lo has olvidado? ¿No pensabas despedirte de mí?

—No me gustan las despedidas. ¿Ya has hecho la maleta? —y se dio la vuelta hacia la mesa donde estaba mezclando líquidos de colores.

—Sí, todo está preparado.

Mientras decía estas palabras, me acerqué y rodeé su cintura con mis manos. Noté su respiración acelerada. A mí me palpitaba el corazón tan deprisa y tan fuerte que parecía que se me iba a salir. Se dio la vuelta. Me miró, y nuestras caras se quedaron muy cerca. Se lo tenía que decir, era el momento. No me podía ir sin decírselo.

—Sandrine, tengo algo que decirte.

—Yo también tengo algo que decirte.

Pensé que iba a ser ella la primera en decírmelo y que así me resultaría todo más fácil. Pero no, no era eso lo que ella quería contarme.

—Verás, Benjamín, el otro día, cuando volviste de la montaña... Yo estaba triste. Tu expedición removió en mí algunas cosas que había intentado olvidar. No soy tan fuerte como aparento, ¿sabes? —me iba acariciando el pelo, todo mojado, y las mejillas mientras me decía esto, y sus ojos se iban humedeciendo, como si se contagiaran del agua que me chorreaba por todo el cuerpo—. ¿Sabes qué es lo que intento olvidar de aquella tarde?

—Claro, Sandrine, que aquella tarde murió alguien a quien tú querías mucho —y le empecé a tocar las minúsculas trenzas de su cabellera.

—No, Benjamín, no, no sólo eso. ¿Recuerdas a qué iba tu padre a Lambarené aquel día?

—Sí, iba a recoger medicinas, ¿no?

—Efectivamente, pero para ir a Lambarené no hay que cruzar las Montañas de Cristal, ¿no has mirado el mapa? Las intentó cruzar, pese a la tormenta, para ir a otra explotación que hay al norte de la cordillera. Había llamado allí y le habían dicho que tenían los medicamentos que necesitaba. Ese lugar está mucho más cerca que Lambarené, y decidió ir porque había alguien muy enfermo que debía inyectarse urgentemente un antídoto. ¿Sabes quién era ese alguien? —me preguntó Sandrine entre sollozos; era la primera vez que la veía llorar abiertamente—. ¿Lo sabes? Pues era yo. ¡Sí, Benjamín, aquellas medicinas que fue a buscar tu padre la tarde que no volvió eran para mí...! Sebastián había ido al hospital la semana anterior y había traído todos los medicamentos habituales. Pero yo enfermé de pronto, no sé, fue una alergia a alguna de las plantas. Justo faltaban esas medicinas contra las alergias, y Pablo fue aquella tarde a buscarlas para mí. Se arriesgó a cruzar las Montañas de Cristal por mí. ¿Lo entiendes ahora? Él murió por mi culpa. Tu padre nos dejó por mi culpa. Y yo me curé.

Sandrine lloraba sin parar. Se abrazaba a mí, y sus lágrimas se confundían con el agua que caía de mi pelo. Teníamos ambos las caras mojadas, una junto a la otra.

—Sandrine, Sandrine, ¿qué estás diciendo? Tú, mi pequeña niña, no tuviste la culpa de nada. Él murió porque se encontró con la tormenta. Aquella tarde habría salido con la avioneta en cualquier caso. Había otras medicinas que comprar. Había más gente enferma, incluso Sebastián estaba mal. Nadie tiene la culpa de nada. Es la vida, Sandrine. La vida, que es peligrosa. Tú misma lo dijiste el otro día, en el porche. Y tú no eres en absoluto responsable de los peligros de la vida.

Pero Sandrine seguía llorando. Yo habría querido secar sus lágrimas con mis besos. Pero no sabía si era el momento más adecuado para hacerlo.

—Benjamín, ¿de verdad lo crees así?, ¿podrás perdonarme alguna vez?

—¿Perdonarte? Sandrine, tú eres lo mejor que me ha pasado en la vida, y estoy seguro de que también fuiste lo mejor que pasó por la vida de mi padre. Yo... yo entiendo por qué él te quería tanto, Sandrine, a mí me pasa lo mismo. Bueno, lo mismo no, algo parecido.

—¿Qué?

Por fin me estaba armando de valor. Me lancé.

—Sandrine. Yo... yo te quiero. Eres la chica más estupenda que he conocido. Me gustas desde que te vi, pero todos estos días han hecho que me enamore de ti de verdad. Te quiero.

Se quedó sin habla. No sé si se lo esperaba o no. Me miró y sus ojos empezaron a brillar con una sonrisa. Yo tampoco pude decir más. La abracé todavía más fuerte y la besé. Esta vez no fue un beso fugaz, como el día del elefante, sino un beso largo, lento. La besé muy despacio, y ella respondió de la misma manera. Así estuvimos un buen rato, besándonos muchísimo, hasta que se hizo la hora de volver a la casa.

Llegamos cogidos de la mano. Sebastián estaba sentado en el porche escuchando ópera. Se oía desde el bosque. Me acordé del mono, pero no cogí ningún coco para lanzarlo contra la casa. Besé otra vez a Sandrine en la oscuridad de la selva con la música de *La bohème* de fondo. Me estaba convirtiendo en un romántico.

Cuando nos vieron llegar, todos se intercambiaron una mirada cómplice. Estoy seguro de que Sebastián sabía lo que iba a ocurrirme con Sandrine desde el primer momento.

25

Vuelta a casa

A la mañana siguiente, dejé la casa del bosque y África.

Como tenía que madrugar mucho, ya por la noche me despedí de todos aquellos que habían conformado mi mundo durante casi dos meses. Nunca me habían gustado las despedidas, como a Sandrine, y en esa ocasión menos que nunca. Cada vez que decía adiós a alguien, sentía como si se me rompiera algún músculo, como si la cuerda invisible que me unía a ellos se desgarrara y produjera una cascada de dolor y de sangre dentro de mí.

Lise me preparó dos botellas con sus zumos para el desayuno para beberlas en Madrid. Me las metí en la mochila para que no se rompieran. Sabía que no tendrían el mismo sabor y que tampoco guardarían las vitaminas después de horas de haber sido exprimidas las frutas, pero no importaba: encerrados en las botellas, como el genio de la lámpara de Aladino, me llevaba algunos de los colores y de los sabores de África, y eso me era más importante que la utilidad alimenticia que pudieran tener. Me acordé del elixir de rosas de la dama misteriosa de Sebastián, que, como él decía, no tenía por qué tener más beneficio que el propio placer por sí mismo.

Lise no me abrazó aquella noche, esperó unas horas. Se levantó antes del amanecer para venir a despedirme, y con el abrazo me dio un saquito que me pidió que no abriera hasta que estuviera en el avión. No me dijo casi nada, sólo me pidió que volviera pronto. Yo le regalé otra de mis acuarelas.

Henri me abrazó muy fuerte y disimuló con su gran sonrisa de dientes de oro la tristeza que, estaba seguro, le producía mi marcha: las vacaciones se acababan y, poco después que yo, también se iría Sandrine, a la que, aunque no hacía mucho caso aparentemente, yo estaba seguro de que quería. Además, sabía que mi presencia ese verano le había estado recordando a mi padre, Pablo, que había sido su amigo, su compañero de aventuras y su discípulo en los saberes secretos del bosque.

—Benjamín, la próxima vez que vengas, espero que asistas a un *bwiti* no como observador, sino como aspirante a iniciado —me dijo muy serio.

—¡Ah, no, Henri! No creo que nunca llegue a ser un iniciado. No quiero comer madera. Seguro que se me indigestaría, aunque sea sagrada.

—Seguro que te convenceremos, Benjamín, seguro, la próxima vez. Ya verás.

Le sonreí. En mi fuero interno tenía la seguridad de que nunca comería la cáscara del plátano relleno de serrín. Él también me sonrió. Henri sabía que cambiaría de opinión.

A Sandrine no le gustaban las despedidas, así que desapareció después de cenar y no la volví a ver. Cuando Henri y Lise se hubieron ido, Sebastián me alargó un sobre que le había dejado Sandrine para mí: contenía una nota y una flor amarilla. La metí en uno de mis libros de Simenon que había reservado para el viaje de vuelta. En la nota había escrita una dirección en Burdeos, la de la residencia donde vivía, y una palabra: «Escríbeme». No decía que me quisiera ni nada parecido, pero no importaba; yo sabía que ambos sentíamos algo muy parecido el uno por el otro. Me llevé el papel a los labios y lo besé; se había impregnado del mismo aroma de la flor, que era el de la misma esencia que llevaba aquel segundo día en que nos vimos, en el porche. ¡Aquello era un mensaje de amor! O al menos, así lo interpreté yo.

Cuando me quedé solo en la habitación, volví a mirar todas aquellas cosas de papá que seguían allí y que allí se quedarían después de que yo me marchara: las fotos, los trofeos... ¡Qué distintos mis ojos ahora a aquella primera vez que los vi! A la curiosidad infantil de hacía dos meses la había sustituido la certeza de haber encontrado el sentido verdadero de todos aquellos objetos, que ya tenían una vida y una realidad fuera de aquel aposento.

Me encontré también con mi cara en el espejo: en poco me parecía al niño que había llegado aquella otra tarde con la maleta en la mano. Me había crecido el pelo, se me habían ido los granos, mis hombros habían ensanchado, era un poco más alto y llevaba el medallón de mi padre colgado del cuello.

En ese momento entró Sebastián. Llevaba en la mano una taza de té. Me miró y adivinó lo que estaba pensando.

—África cambia a las personas, ¿eh? Me lo dijo mi padre hace muchos años, la primera vez que vinimos mi hermano y yo. Tenía razón. La historia se ha repetido contigo. Tu madre no te va a reconocer cuando te vea en el aeropuerto.

—No, va a pensar que ha cambiado de hijo, y la verdad es que sí que es un poco cierto —dije mientras me seguía mirando al espejo, y una cierta tristeza por dejar a mi tío, a Sandrine y a África, ensombrecía mi rostro.

—Espero que le guste lo que vea.

No dijo más. Me rodeó la espalda con su poderoso brazo y apretó su mano derecha en mi hombro derecho. Ahora nuestros rostros se miraban en el espejo. Sólo entonces me di cuenta de cuánto me parecía a él. Él también lo notó. Sonrió a mi cara reflejada delante de mí y salió silencioso. Tampoco a él le gustaban las despedidas. Y no quería ponerse triste. Prefería retirarse antes que mostrar sus sentimientos. ¡Cómo hubiera querido abrazarlo en aquel momento! Pero no me atreví.

A la mañana siguiente dejé la casa del bosque y África. Mi tío me llevó en la avioneta hasta Libreville. ¡Qué distinta también mi mirada hacia lo que había bajo mis pies durante el vuelo! Estaba aún adormilado, así que tuve la perfecta excusa para apenas mirar por la ventanilla. Era como si no quisiera despedirme del bosque. Tenía la extraña sensación de que si no le decía adiós con mis ojos, si no me volvía para mirarlo, lo guardaría vivo más tiempo dentro de mí. Algo así como el trato de Orfeo cuando fue a rescatar a Eurídice de los infiernos.

Ya en el aeropuerto de la capital, Sebastián me ayudó a facturar el equipaje. Noté que no quería hablar demasiado. Yo tampoco. ¡Habíamos vivido momentos tan especiales juntos! No quería que me salieran las lágrimas, que amenazaban con hacerlo. Ambos con los ojos brillantes nos abrazamos, ahora sí, en silencio. Luego me dio un apretón de manos y me dijo:

—Nos vemos en Navidad, ¿eh? Este año la pasaré en Madrid, con la familia... Estudia mucho para que tu madre te deje venir el próximo verano.

—Sí, pero el próximo verano no tendré ningún medallón perdido que buscar.

—¡Ah, Benjamín! En la vida siempre hay medallones perdidos que encontrar. Y a ti todavía te quedan por hallar unos cuantos.

—¿Me ayudarás tú a encontrarlos, tío? —le pregunté.

—Algunos quizás sí. Otros los tendrás que encontrar por ti mismo. Éste —y señaló el que pendía de mi pecho—, éste te ayudará en esa tarea. No lo olvides.

Anunciaron mi vuelo. Nos despedimos. Me marché. Dejé África desde el aire. Tampoco quise mirar por la ventanilla. Cerré los ojos. Dejé que las imágenes que había vivido durante aquellos dos meses fueran invadiendo mi pensamiento en aquellos últimos momentos en que sobrevolaba la selva: Sandrine, el lago, el bosque, el *bwiti,* las Montañas de Cristal, el elefante herido, las serpientes, la gruta secreta, las maderas sagradas, el anillo que me había regalado Sandrine y que yo llevaba siempre puesto desde entonces... Todo iba llegando a mi mente de manera desordenada. Sólo la voz de la azafata, la misma de los ojos rasgados que nos había atendido en el viaje de ida a Sebastián y a mí, me sacaba de vez en cuando de mi ensueño para ofrecerme algo de beber y de comer. Así volvía a la cabina de la aeronave como a un paréntesis que hubiera preferido eliminar. ¡Tan grande era mi deseo de permanecer en África, la real o la soñada, lo máximo posible!

De pronto me acordé del regalo misterioso de Lise, que había guardado en el bolsillo exterior de la mochila. Me levanté y abrí el portaequipajes. Extraje el saquito y lo abrí. Contenía la pequeña figura de un elefantito que ella misma había tallado con un pedazo de marfil de aquel pobre animal, gracias al cual había besado por primera vez a Sandrine. Lo acaricié y dejé que su suave tacto me devolviera de nuevo a mis ensoñaciones.

Ocho horas duró el viaje de regreso. Nunca supe cuánto tiempo había dormido de verdad. El caso es que me despertó el ruido del tren de aterrizaje en la pista de Barajas. África quedaba a miles de kilómetros y yo volvía a casa.

Mamá me estaba esperando en el vestíbulo del aeropuerto. Le traía una escultura que yo mismo había hecho con madera de moaví. Estaba sola, sin Jorge. Por su aspecto supe enseguida que todo había ido estupendamente entre los dos. Estaba muy guapa, había engordado y se había soltado el moño. Ahora llevaba una melena rizada que la hacía parecer mucho más joven. El cirujano había obrado milagros en ella, era evidente.

Me abrazó y no se echó a llorar como en nuestra despedida. Su sonrisa brillaba. Estaba feliz.

—Pero, ¡cómo has crecido, Benjamín! ¡Qué moreno estás! Veo que tu tío te ha tratado bien. ¿Cómo lo has pasado? No habrás montado en la avioneta, ¿verdad? Ni habrás ido solo por el bosque, ¿no? Bueno, supongo que querrás contarme muchas cosas, ¿a que sí? —y de repente miró hacia mi cuello, arqueó las cejas como hacía siempre que algo la sorprendía y preguntó—: ¿Y ese medallón?

—Mamá..., ¿no lo reconoces?

—Es... Parece... Es el medallón de tu padre. ¿De dónde lo has sacado?

—Mamá, ésa es una larga historia, ya te la iré contando... —Y la rodeé por la cintura para salir del aeropuerto.

Por supuesto, no pensaba contarle todo lo que había experimentado hasta conseguir el medallón de papá. Como Sandrine, yo también había aprendido a tener mis secretos, y algunas cosas se iban a quedar guardadas entre Sebastián y yo, entre Sandrine y yo, entre África y yo.

Epílogo

Han pasado cinco años desde aquel mi primer verano africano. Después he vuelto durante todas las vacaciones estivales.

Mamá y Jorge se casaron. Al principio, Jorge tuvo tentaciones de querer suplantar la figura de mi padre, pero enseguida se dio cuenta de que iba por un camino equivocado. Nos llevamos bien.

Mamá me dejó, por fin, subir al desván y sacar algunos recuerdos de papá, que pude colocar en mi habitación. Papá está siempre conmigo, y el medallón no me lo quito ni para dormir.

Los abuelos volvieron a África. En la casa del bosque sigue el mismo ambientador de lavanda de la abuela, pero ahora lo pone ella misma.

Almudena y Borja se hicieron novios mientras yo buscaba mi particular medallón durante el verano; por eso no me escribía. Le importaba un pimiento.

Lise sigue haciendo sus zumos de frutas y Henri continua con el *bwiti* y las maderas sagradas.

Sandrine y yo nos escribimos y nos llamamos mucho. Nos vemos cada verano en Gabón y en Navidad viene a Madrid desde Burdeos, donde ha empezado a estudiar Química. Sigue con su idea de hacerse perfumista. La quiero mucho y sigo aprendiendo cosas nuevas cada vez que hablamos o estamos juntos.

Yo estoy estudiando Medio Ambiente. Dentro de unos años me iré a vivir a Gabón y trabajaré en el bosque, así que pienso llevar el negocio familiar de la manera más respetuosa posible con el entorno. El bosque nos da la vida y nosotros debemos alimentarlo con más vida. El espíritu del bosque es más fuerte que nosotros y a él le debemos todo lo que tenemos.

Sebastián sigue lleno de enigmas. Viene poco por España. No le gusta escribir cartas ni hablar por teléfono, así que sólo tengo relación con él durante los veranos y en Navidad. Pero su compañía compensa los largos meses de vida sin él. Sigue con su afición a la ópera, pero ahora se ha pasado a la ópera alemana y ha abandonado un poco la italiana. Los monos no han cambiado sus gustos y casi todos los años nos visita alguno, que nos ataca con cocos o con piedras, como la última vez, el verano pasado.

Hace un par de semanas estaba yo paseando por la Feria del Libro, en el parque del Retiro, cuando vi una novela que me llamó la atención. Se titulaba *El medallón perdido,* como lo que yo había ido a buscar aquel verano. Me acerqué y lo hojeé. Leí algunas frases que me resultaron muy familiares: allí había un par de chicos a los que casi aplasta un elefante herido, el chaval se encontraba con un cementerio *fang,* tenía que probar siete llaves para entrar en un desván... Me extrañó, pero no demasiado. No sabía muy bien por qué. Había una mujer de unos cuarenta y cinco años, con apellido italiano, que firmaba ejemplares del libro. Era su autora. Llevaba colgado de su cuello un medallón igual al mío. Bueno, igual no, casi igual: tenía un pico más largo que el otro. Mi cabeza empezó a atar cabos. Mi corazón comenzó a palpitar muy fuerte. La imagen de Sebastián con su vaso de líquido rosado en la mano me asaltó. Justo en ese mismo momento, la mujer posó su mirada en mi medallón. Luego en mis ojos asombrados. Me sonrió. Nos sonreímos. Me armé de valor y le pregunté:

—¿Hace usted jarabe de rosas?

Índice

1. Siete llaves y un desván 7
2. El regreso de mi tío 12
3. El cirujano de mamá y un verano en Santander que no fue 16
4. El medallón, el viaje en avión y, por fin, la selva africana 24
5. Llegamos a la casa del bosque 36
6. Nuestra casa en medio de la selva 40
7. Primeros días en la selva 48
8. Una tarde un mono se harta de la ópera 50
9. De amor y de rosas 54
10. Sandrine aparece en escena 60
11. La cueva de Sandrine 66
12. Una historia de amor de Sebastián 75
13. El trabajo de Sebastián 83
14. El *bwiti* 90
15. Un elefante herido en el río 104
16. Algo misterioso sucede 117
17. De camino hacia la montaña 125
18. Un objeto misterioso en medio de la selva .. 130
19. El sonido de unos tambores *fang* 137
20. Una serpiente que resucita 142

21. En la cima de la montaña 147
22. De vuelta a la casa del bosque 152
23. El reencuentro con Sandrine 154
24. A punto de volver a Madrid 158
25. Vuelta a casa 163
Epílogo 169

ANA ALCOLEA

Nacida en Zaragoza en 1962, es licenciada en Filología Hispánica y diplomada en Filología Inglesa. Desde 1986 es profesora de secundaria. Ha publicado ediciones didácticas de obras de teatro y numerosos artículos sobre la enseñanza de la Lengua y la Literatura, sobre el mito de don Juan y sobre la poesía de Góngora, entre otros temas. Adora conocer otras culturas y otras lenguas. Pasa largas temporadas en Italia y en las montañas de Noruega, donde fueron escritas casi todas las páginas de este libro. Parte de su familia vive en África, y de esa relación con el continente africano nació *El medallón perdido,* que es su primera novela.

CARTA A LA AUTORA

Los lectores que deseen ponerse en contacto con la autora para comentar con ella cualquier aspecto de este libro, pueden hacerlo escribiendo a la siguiente dirección:

Colección ESPACIO ABIERTO
Grupo Anaya, S. A.
Juan Ignacio Luca de Tena, 15. 28027 MADRID